The Beast and the Bethany
Revenge of the Beast

怪獸與貝瑟妮 BOOK 2

失控的紫鸚鵡

傑克．梅吉特－菲利普斯 著　謝靜雯 譯

JACK MEGGITT-PHILLIPS

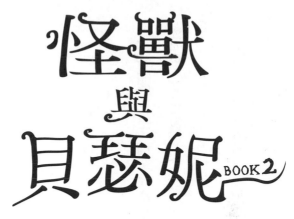

推薦序

在孤獨生命旅程中，尋找一束友誼的光

文／臺北市私立再興小學研究教師廖淑霞

在你翻閱書頁之前，建議你拋棄傳統「善有善報」的價值觀；屏棄對「問題兒童」的刻板形象，以開放和包容的思維來閱讀《怪獸與貝瑟妮2：失控的紫鸚鵡》。

故事延續首集的劇情，依然由貝瑟妮和艾比尼瑟主演，而吞下怪獸的紫鸚鵡克蘿黛特，成為貝瑟妮和艾比尼瑟老少兩人組的新夥伴。作者傑克．梅吉特—菲利普斯以「今昔交錯」的雙線結構來鋪陳情節的發展。在昔日記

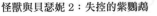

憶的時空中，艾比尼瑟回顧童年時期那不被需要的孤寂，被同儕排擠、嘲弄的狼狽與不堪，當他初遇落難的怪獸，以及面臨怪獸發出的哀求：「我是怪獸。拜託，你是我唯一的希望——救救我。」他似乎看到自己無助的縮影，雖然兩人之間建立的似乎是一份不對等的契約，但被冠上魯蛇封號的艾比尼瑟，太希冀怪獸的陪伴與庇護，甚至從這份庇護中嘗到擁有控制權的得意，對昔日施暴者報復的快感。

在真實情境的主線中，貝瑟妮以「喇叭」擊敗怪獸後，終於讓艾比尼瑟擺脫怪獸的箝制，獲得對自己生命抉擇的主控權，於是貝瑟妮急於讓艾比尼瑟戒除與怪獸之間的糾纏，藉由舉辦「二手拍賣會」與怪獸告別，刪除怪獸在他五百多年歲月中的足跡，並決定洗心革面，行善助人，重塑自己在眾人眼中的形象。但現實對貝瑟妮而言卻是殘酷的，原來「當一個好孩子」遠比她想像中的還要困難，昔日無惡不作的她，在眾人眼中猶如「怪獸」，甚至連改過向善的機會都吝於提供給她。不斷受挫的貝瑟妮，在被怪獸所操控的克蘿黛特唆使下，重燃惡作劇的計畫……

在傑克．梅吉特―菲利普斯筆下，我們似乎無法看到卡蘿．皮爾森的六種原型性格——天真者、孤兒、殉道者、流浪者、鬥士、魔法師的「完整角色」，卻隱隱約約的在每個人身上透出六種原型的身影。貝瑟妮對「黑化」的克蘿黛特的慰藉與建議，猶如「天真者」的單純與信任；艾比尼瑟對怪獸的予取予求，何嘗不是一個「關係孤兒」對安全感的渴求；故事中的人物都是友誼的「流浪者」，在矛盾的價值中不斷追尋；克蘿黛特在怪獸力量不斷膨脹下，艱難的用爪痕寫下：「它們是你的回憶。用出來吧。」的解咒詞，展現出「鬥士」不屈的精神；在貝瑟妮面臨生死存亡關頭時，艾比尼瑟說：「只要讓貝瑟妮活著，我就會服侍你到時間的盡頭。」我們看到一個為真摯友誼自我犧牲的「殉道者」，而解除這一場災難的「魔法師」就是書中無處不在的友誼。

培根曾說：「沒有真摯朋友的人，是真正孤獨的人。」不論是艾比尼瑟與怪獸那份扭曲的交易；亦是艾比尼瑟與貝瑟妮的忘年之交；或是克蘿黛特對貝瑟妮的理解與包容，那珍貴的友誼，都是孤獨生命旅程中，支持自己持續往前行的一束光。

推薦序

善行的力量

文／小兔子書坊店主黃淑貞

每個人都擁有著自己的夢想，《怪獸與貝瑟妮２：失控的紫鸚鵡》裡的艾比尼瑟、貝瑟妮、紫鸚鵡，甚至怪獸、葛洛麗亞也是，而且他們為了追求夢想花費了許多心思，付出了許多代價。即使過程中老是不順遂，他們的心靈土壤裡，依然潛藏著追求夢想的殘根，一有微小的契機，就會重新長成大樹，震動枝葉，挑起內在的渴盼。

這個「夢想」有可能是成為他人的矚目焦點，像是艾比尼瑟、葛洛麗亞，卻使用了不適當的方式；抑或是努力撕掉黏著已久的壞小孩標籤，像是貝瑟妮。然而沮喪與失望的情緒，猶如飢餓的野獸緊咬著他們不放——眾人的態度沒有因為自己的努力而轉變，反倒更像撕下海報後壁面所殘留的頑固餘膠，怎麼清潔就是清不乾淨呀！

撕不掉的標籤所帶來的內心焦慮如高聳的山巒，無時無刻都矗立在眼前。在這集故事中，貝瑟妮努力想要做好事，翻轉大家對她的印象，期待大家對她刮目相看，呈現改過後煥然一新的形象。可惜的是，大家固著於表象的碎化事實，再經由有心人士的控制與操弄，不為人知的善意竟被曲解為邪惡無比的威脅，真相如睡美人一樣只能永遠沉睡。尤有甚者，演變成炎上的集體暴行，更像是突擊部隊來得太快太猛，即使貝瑟妮再強大也無力抵擋，導致她陷入自我懷疑與憤怒的風暴之中。

為他人黏貼標籤總是輕而易舉，貝瑟妮的情況如房間裡的大象真實存在現實社會中，她所面對的一切有如氾濫的洪水迎面而來，沉重又危險。「如果有人願意拉她一把，至少會讓貝瑟妮脫離險境。」閱讀過程中，這樣的同理與期待總是不斷的滲透到讀者的意識裡。幸運的是，艾比尼瑟的信任與友誼是貝瑟妮的救生艇，得以讓貝瑟妮重拾歡樂與自信。

延續第一集的黑色幽默風格，詼諧獨特的對話中即使有著恐怖的情節，仍採取貼近孩子經驗為依據。此書角色與劇情設定更是別出心裁，包含許多誇張的、想像的、魔幻的氛圍，這部分自然引發孩子的熱烈迴響。此外，在詭譎情節中仍有著顫動心弦的閱讀感受與令人反思的頓悟，提醒著我們雖然未必能阻止標籤的出現，至少可以嘗試戴上一副同理與包容的眼鏡，讓我們得以相信每個人都擁有美好善意，深深企盼著以善行讓自己發亮，同時也為別人帶來力量。

009 推薦序

01 怪獸的開端

艾比尼瑟・杜威色十一歲的時候，世界比現在年輕得多。在街道上活動的不是汽車，而是馬匹和馬車。大家的溝通工具不是手機和電腦，而是信件和懷抱希望的喊叫。

當時沒有照片這樣的東西，所以如果你是那種想捕捉特殊日常的人，例如湊巧做了不錯打扮或享用一頓豐盛餐點，你必須隨身帶個專屬的肖像藝術家。當時，電力只是個沒什麼意義的傻氣字眼，這代表你必須準備巨量蠟燭，才可能在過了就寢時間後，還有辦法看書。

總之，那個時代的生活滿爛的。對可憐的艾比尼瑟來說，尤其如此，因為他是個很不受歡迎的孩子。

很難說到底是什麼讓他這麼不受歡迎。或許是因為他老是一臉沾沾自喜；也可能跟這件事有點關係：他的裝扮總是非常豪奢，充滿了褶襉飾邊和色彩豐富的花樣。

不管原因為何，其他孩子擺明了就是不喜歡小艾比尼瑟。他不曾受邀參加別人家的盛宴，也從來沒人約他上劇場或觀賞小丑比武。可是這阻撓不了他，他總是不請自來。大多下午，艾比尼瑟會在馬多林頓派餅店外頭流連，因為他知道孩子們偶爾會聚集在那裡，互相挑戰，即興舉行吃餡餅比賽。

不過，事實上比較常發生的狀況是：艾比尼瑟會在派餅店外逗留一整天，卻沒有任何孩子出現。艾比尼瑟會利用那段時間跟牆壁說話，藉此練習

對話技巧。他會說這類的句子：

「今天天氣不錯吧？」

或是：「威利什麼的那齣新喜劇，你看過了嗎？對啊，我也抓不到那些笑點。」

以及：「那場瘟疫還真可恨，不是嗎？」

牆壁總是無言以對。但艾比尼瑟不在意，因為他認為這些單向的閒聊對真實對話來說，是絕佳的暖身練習。如果他可以找對話題，或是身上的襯衫有正確數量的褶襉飾邊，他確信其他孩子會讓他加入猛吃餡餅的歡樂時光。

在這樣的一天，艾比尼瑟正在派餅店外頭逗留，意識到廣場上起了一場騷動。街頭公告員平日都會高喊他妻子經營的縫紉用品店有多划算，但現在卻用急迫的語氣喊著什麼別的。艾比尼瑟聽不清實際的內容，因為街上的騷動和喧囂太大聲。

幾個面容嚴肅的男人正從坐騎上下來，他們披著傻里傻氣的緋紅色斗篷，穿著綠色長筒襪，每人手裡都拿著一支喇叭，彷彿當成武器似的，表情因為憂慮而肅穆。

「那邊的小伙子！」其中一人喊道。艾比尼瑟看到斗篷上有個紋飾，上頭寫著「祕密惡棍移除戰隊[1]」。

「你有沒有看到禍害人間那個最致命的生物？」那人問。

艾比尼瑟很確定，如果有這樣一個生物，他會記得，他可是循規蹈矩的孩子，而且想盡全力幫忙。他花了大約十二秒，在自己的記憶裡翻找。

「沒有，我幾乎可以確定沒看過，」艾比尼瑟說，「這是捉迷藏的遊戲嗎？還沒人答應要跟我玩，可是我想，玩這種遊戲的時候不應該找人幫忙。」

「這可不是遊戲，小伙子！如果我們不趕在那個生物恢復力氣以前逮到牠，難保會發生什麼事。」披斗篷的人說。

「喔，天啊，真希望我能幫上忙。可是就像我說的，我面前一個生物也沒出現過，抱歉。」艾比尼瑟回應。

披斗篷的人似乎把這個回答當成針對他個人的侮辱，氣呼呼的回到坐騎

1 英文全名是：Division of Removing Rapscallions in Secret。

那裡，從艾比尼瑟身邊跑開。其他的斗篷長襪人繼續搜索——衝進建築物，提出直截了當的問題。不過，艾比尼瑟的注意力不久就轉移到其他地方，他看見三個孩子朝著派餅店走來。

「我聽說他們在摩根女爵的地下室逮到牠。看來她一直把牠藏起來，讓戰隊好幾個世紀都找不到。」一個性格討人厭、外表也討人厭的男孩尼可拉斯．尼克說。

「沒人可以活好幾個世紀，所以那點顯然不是真的，親愛的弟弟，」尼可拉斯顯然並不親愛的姊姊，妮可菈．尼克說，「我聽說那個生物以前大得跟一座小山丘一樣，直到戰隊餵牠一支喇叭。摩根的一個鄰居說，他們看到那個生物像氣球一樣噗噗消氣，從房子呼咻飛了出去。」

「我、想、要、長、筒、襪、子！」尼寇．尼克說，他是這個可怕家庭的老么。

街坊鄰居一般都對尼克家的孩子避之唯恐不及，但艾比尼瑟沒有立場對朋友挑挑撿撿。他們走過來的時候，艾比尼瑟整了整襯衫上的褶襇飾邊，試著回想他的閒談訓練。

「威里寫的這齣喜劇很差，對吧？不，我完全不懂那場瘟疫。」艾比尼瑟說，接著皺起眉頭，「等等，我想我可能有點搞混了。」

尼克家孩子的臉色一亮。艾比尼瑟誤以為這是示好的表現，於是他的臉龐也亮了起來。

「喲，喲，喲——看看誰又來討打了。原來是艾比魯蛇，倒楣蠢蛋。」尼可拉斯說。

「我很喜歡你那樣叫我，我在某個地方讀到，朋友間彼此取綽號，是非常重要的事。」艾比尼瑟一本正經的說。

「我們才不是你的朋友，艾比魯蛇。我以為上次就讓你見識過，把我們叫成朋友會有什麼下場。」

「嗯？喔，是啊，你們邊丟樹枝跟石頭，邊追著我跑，那個遊戲好有趣。可是也許這一次我們可以閒聊一下？我已經跟牆壁練習過好幾個鐘頭了。」艾比尼瑟說。

不過，他很快就發現，尼克家的孩子沒心情來點有意思的對話。他們三個人衝向艾比尼瑟，追著他穿過廣場，離開小鎮，來到他家後方的田野上。他們朝著他的後腦勺叫囂、辱罵，偶爾丟石頭。

艾比尼瑟輕輕鬆鬆就跑在他們前頭，因為他運氣不錯，有一雙又長又瘦的腿。他一面狂奔，一面試著說服自己，這只是另一場遊戲，雖說他內心深處很清楚並不是。就像其他人，尼克家的孩子馬上就對艾比尼瑟心生反感，而艾比尼瑟對這種狀況一籌莫展。不管買多少襯衫，或多常練習對牆說話，都沒辦法讓他們喜歡或尊重他。

不過，接著，就在他衝過最後一片田野時，他踩到了溼軟黏糊的東西。他瞧瞧鞋底，發現那個軟黏東西是一坨蟲子大小的灰色生物。他再仔細瞧，可以看出三顆黑色眼睛、兩根黑色舌頭，以及流著口水的嘴巴。牠有一組小小的手腳，吐息散發水煮包心菜的臭氣。

「救救我。」艾比尼瑟正要從鞋子上摳掉那個軟黏東西時，牠說話了。

那個聲音讓艾比尼瑟大感震驚，鬆手放開了那個軟黏東西。他趕緊再撿起來，抹掉牠眼睛沾到的點點泥巴。

「真是萬分抱歉。」他說。當他看著那個軟黏東西時，他明白自己手裡正捧著非比尋常的生物。

有幾秒鐘時間，他只是站在那裡盯著牠，可是接著他想起了應有的禮節。「我叫艾比魯——我是說艾比尼瑟。」

「我是怪獸。拜託，你是我唯一的希望——救救我。」

02 戒斷怪獸

「真是了不起的生物！跟我見過的任何東西都不同！如此美麗、如此沉著、如此優雅。你值得擁有全世界，我當然絕對會把全世界都獻給你。」

五百年後，艾比尼瑟正在享受他的晨間泡泡浴，對著手持鏡子裡的倒影，低聲說著甜言蜜語。幾個世紀以來，他學到對著鏡子交談比牆壁更容易——尤其當你嚴謹又規律的服用藥水與例行護膚，讓自己的面龐有如黃昏時的月亮那麼美麗。

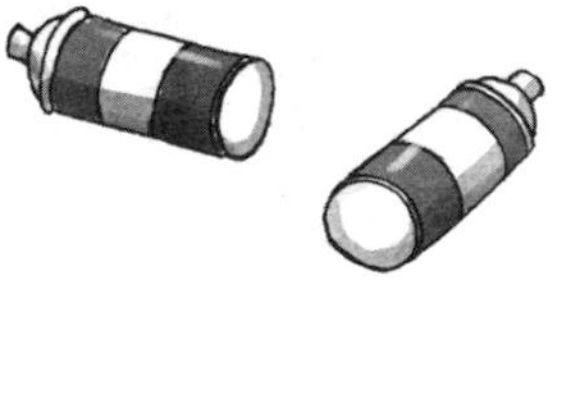

「為何哭喪著臉？」艾比尼瑟問自己，「晨間泡澡向來是快樂的時刻！」

在他漫長的人生裡，艾比尼瑟泡了將近十八萬六千兩百七十五次澡，確實都是很快樂的時刻。不過，今天的狀況有點混亂。

首先，艾比尼瑟的發條橡膠鴨子不見了。這對整個泡澡過程來說無疑是重大打擊，因為拉斐爾是隻會表演的小鴨，打從怪獸把它嘔出來以後，它每天早上會變戲法，並詠唱動人的水手勞動歌曲。

另外，浴室裡的味道特別古怪。多虧怪獸，艾比尼瑟長年以來習慣享用人類最精緻的產品，泡澡時使用的泡泡入浴劑和浴鹽也不例外，不過現在泡泡滲出令人不快的廉價氣味——彷彿有人把他的浴鹽偷偷換成了洗碗粉。

第三點，也是最後一點，最令人不安。他的手持鏡子上有一則模糊不清的留言，是貝瑟妮用油膩的手指寫的：

喂，欠揍臉，今天沒時間泡澡了。

有怪獸斷捨離的活動要忙。

艾比尼瑟當然對這個訊息視而不見，畢竟「永遠有時間泡澡」是他長久以來的信念。他相信，當其他人要你相信你沒時間泡澡的時候，往往正是你需要泡澡的時候。

不過，那個訊息繼續惹他心煩和苦惱，他納悶貝瑟妮為這一天計劃了什麼事情，最後他的好奇心再也承受不了。他提早幾個小時結束泡澡，匆匆套上家居服、拖鞋和晨衣，往樓下走去。

他這趟下樓的旅程充滿了困惑和危難，因為這棟十五層樓房子裡的某些物品似乎四處閒晃了一番。他注意到天鵝絨套房裡的家具全部被休閒椅和放屁坐墊所取代時，不解籠罩上他的臉龐。當他發現自己最愛的美麗畫

作收藏不在牆上時，那種不解變成驚慌。原本掛畫的地方換成了塗鴉和比例不具說服力的火柴人，是貝瑟妮在壁紙上揮灑的成品，她還簽了名。

「不、不、不！」艾比尼瑟說，他衝下樓用最能表達「我真的很生你氣」的語氣跟貝瑟妮說話，「你到底在幹麼？」

「笨問題。」貝瑟妮說。她說得沒錯，因為看也知道，她正想把房子前廳裡的鋼琴搬出去。「過來幫忙，欠揍臉。我們要把這個搬到街上，跟其他東西一起。」

「我才不幹！我才不要幫你搶我自己的東西。」艾比尼瑟說。

「我們沒有搶你的東西，我們是在幫你。我和克蘿黛特忙到屁股都快掉了。」貝瑟妮說。接著，彷彿要展現他們有多忙，溫特羅島的紫胸鸚鵡克蘿黛特飛進了屋裡。牠布滿羽毛的額頭因為冒汗而微帶溼氣。

「搬完最後一個會跳舞的茶壺了，小親親！」牠一邊說，一邊展開翅膀比出「噠啦！」的姿勢，「嗨嗨，艾比尼瑟！貝瑟妮有沒有跟你說過，我們這個美妙的怪獸斷捨離任務？」

「怪獸斷捨離？」艾比尼瑟問。

「是啊，」貝瑟妮不動感情的說，「戒掉怪獸。」

克蘿黛特用爪子扣住鋼琴，幫忙貝瑟妮把鋼琴拖出前廳。他們力氣不足，技巧也不足，因此搬運這件樂器時，對牆壁和地板造成了不小的破壞。

「我們為什麼需要怪獸斷捨離？」艾比尼瑟問，「克蘿黛特殺了怪獸，我認為那樣已經是很澈底的戒掉怪獸。」

「你竟敢這麼說，我才不是凶手！我只是不小心吃掉牠，從那之後我一直覺得很難受。」克蘿黛特說，鼓起布滿羽毛的肚皮。

「不要覺得難受。那隻怪獸是很邪惡、很糟糕的怪物，原本還想吃掉我！」貝瑟妮說。

「喔是的，我知道，可是你有點誤會我的意思了。我真的覺得很難受，消化不良之類的。我已經好幾個星期都睡不好了。」克蘿黛特說。

「我還是看不出來，這些事情跟你們兩個亂拿我的東西有什麼關係。」艾比尼瑟說。

「又不全是你的東西，那些只是怪獸嘔出來給你的。克蘿黛特說這樣做對我們有好處。我不想看那些東西，你也不應該看。就像這架鋼琴——你記得這是你把誰餵給了怪獸才得到的嗎？」貝瑟妮說。

艾比尼瑟盯著自己的拖鞋，一臉羞愧。當初為了得到這架鋼琴，他將派崔克獻給怪獸。派崔克不但是一隻溫特羅島的紫胸鸚鵡，牠還恰好是克蘿黛特的表親。克蘿黛特對這整件事相當寬宏大量。

「好吧，我們可以賣掉鋼琴，也許再賣掉一點鍍金餐具。」艾比尼瑟

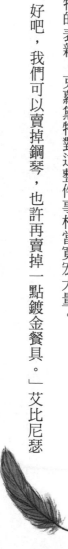

說。他猶豫不決的加入搬鋼琴的行列，他們吃力的擠過前門。「可是我們一定不能做得太過頭。」艾比尼瑟補充。

一走到屋外，艾比尼瑟才意識到，他們老早就已經過頭了。草坪上放滿了琳瑯滿目的禮物，都是過去五個世紀以來，怪獸嘔出來送他的——包含所有初期艾比尼瑟以為能幫他交到朋友而索討的東西，和所有接下來幾個世紀，他純粹為了自己或是為了惹別人嫉妒而索討的東西。

艾比尼瑟的浴鹽在那裡，那隻橡膠發條鴨子拉斐爾也在那裡。幾臺甜點冰箱；一棵會裝飾自己的耶誕樹；一部會讀心術的吸塵器，只要你覺得房間有點灰塵，它就會自動清掃；尺寸跟床單一般大的數臺電視；一套太空人裝——還有許許多多奇怪又美妙的東西。艾比尼瑟覺得自己有怪獸相伴的一生，全攤在光天化日之下供全世界觀看。

「貝瑟妮，你是想害死我還是怎樣？」他問。

03 偉大的遊戲

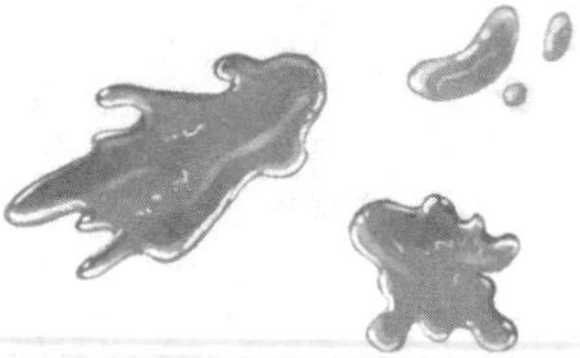

「我快死了。」怪獸說，在許多個世紀以前。

艾比尼瑟望向背後。尼克家的孩子越逼越近，各個抓著樹枝、石頭和泥巴。他回頭看著怪獸，納悶自己該怎麼辦。

「如果我不趕快吃點東西，我會整個消失不見。拜託，請發發慈悲。」

艾比尼瑟不曾被任何人依賴過。他老是覺得自己擋到別人的路——尤其是他母親的。這種真正可以幫助到別人的感觸非常稀有。他趕緊把握這個機會，餵了幾把雜草和雛菊給怪獸。

「你真好心，」怪獸說，嗓音柔軟滑溜，「不過這種好心方向不對。這些都沒辦法提供我需要的力氣。」

艾比尼瑟再次看看背後，尼克家的孩子與他的距離極度接近石頭射程。他又往前跑進田野，在附近的矮叢裡摘了些黑莓。

「你的嘗試還不錯，」怪獸一邊咬緊牠的迷你牙關一邊說，「可是這算不上是正式的一餐吧？你一定可以在什麼地方找到……有脈搏的東西吧？」

艾比尼瑟趕緊四下搜尋，可是唯一能找到的活物是蜘蛛，蜘蛛正在兩個樹叢之間的蛛網上打盹。他向那隻蜘蛛道歉，然後把牠送給了怪獸。

怪獸一口吞下那隻蜘蛛跟牠的家，嘴脣上掠過一抹流著口水的笑容，小小的身體稍微漲大了一些。

「繼續努力，帶更多給我！」怪獸說。

艾比尼瑟運氣不錯，一隻蝴蝶恰好飛到他附近。蝴蝶則運氣頗差，艾比尼瑟把牠餵給了怪獸。

淌著口水的笑容裂得更開，怪獸的身體又漲大更多。

「聰明的小男孩——現在你漸漸抓到要領了，」怪獸說，「我們很快就會讓我恢復全部的力量。」

艾比尼瑟很滿意自己能夠逗這個生物開心，不過他的喜悅轉眼就被一顆石頭打斷。石頭飛越天際，砸中他的肩膀，扯破他的褶飾襯衫。

是尼可拉斯丟的，他的另一隻手握著削尖的樹枝。他的姊弟也各自捧著泥巴球。

「現在別想逃了，艾比魯蛇，」尼可拉斯說，「一旦我拿到這樣的樹枝，可是危險得不得了唷。」

艾比尼瑟憑著直覺，用另一隻手蓋住怪獸，免得尼克家的孩子傷害牠。

他對著他們三人露出無力的微笑。

「恭喜，你們贏了！」艾比尼瑟試著用輕快親密的語調說，「這場遊戲棒極了。現在換我追你們了嗎？」

「這不是遊戲，你這個沒朋友的魯蛇。」妮可菈說。她丟了顆泥巴球，正中艾比尼瑟的肚皮，在他的襯衫留下可怕的汙跡。

「拜託，不要這樣。如果你們給我機會，你們可能會喜歡上我。」艾比尼瑟說，「如果你們可以小心點，我會很感激，這件襯衫是用最細緻的絲綢做成的。」

這番話對於改進艾比尼瑟跟這些孩子的關係，沒什麼幫助。尼寇拋出他的泥巴球，在艾比尼瑟的膝蓋留下猙獰的淤青。

「哎喲，這條是我第三喜歡的長褲吔！」艾比尼瑟說，用原本蓋住怪獸的手來揉膝蓋。

「那是什麼？」尼可拉斯用樹枝的尖端指著怪獸說。

艾比尼瑟看到怪獸在他手裡氣憤的扭動著。

「你們好大的膽子，竟敢這樣對我的僕人！你們難道不知道我是誰嗎？」牠問尼可拉斯。

「你把蟲子當寵物嗎？你真是個大魯蛇，艾比魯蛇。」尼可拉斯說。

「夠了，到此為止！」怪獸說完便閉上三顆黑眼，合上流涎的嘴。接著牠開始扭動軟軟的身體，左右晃動，發出低沉的嗡鳴。突然間，怪獸再次睜開眼睛，牠大大的張開嘴巴，嘔出一團熱火。

尼克家的孩子放聲尖叫，伏低身子閃避火焰。他們丟棄剩下的武器，臉色慘白如紙。

「喔，我的天啊，我真的好抱歉——」艾比尼瑟才說沒兩句，就看到尼克家孩子看他的神情。他們的眼神流露恐懼，而那份恐懼看起來像極了敬意。

「如果你想來點樂子，就把我丟向那個長相討人厭的傢伙。」怪獸用牠的滑溜嗓音低語。

在遊戲裡，艾比尼瑟從來不是丟東西的那方，他還滿想試試看的。他將怪獸丟向尼可拉斯。怪獸飛越空中時，再次發出嗡鳴，扭動身體，然後吐出一大團癢癢粉。

「哎喲喂呀！」尼可拉斯說，然後又說「喔喔喔！」還有「啊啊啊！」一面抓著身體。

艾比尼瑟哈哈笑。他笑的時候，妮可菈和尼寇以最快的速度逃離現場，可是怪獸跟尼可拉斯還沒完。

怪獸這時蹲踞在尼可拉斯的肩膀上，轉身面對艾比尼瑟。牠的三顆眼睛渴望復仇。「看我把這孩子化成水灘，這是我感謝你的方式。」

「喔，天啊，不。很謝謝你的好意，可是真的沒有必要。我不希望有人因為我變成一灘水。」艾比尼瑟說。

可是他的內心有一部分感到好奇，水灘版的尼可拉斯會是什麼樣子。他慢慢的走過去，這輩子頭一次嘗到有權掌控他人的感受。看到老是折磨他的人目露恐懼，竟然暢快得令人詫異。

「拜託，讓我走。」尼可拉斯乞求。

「不、不、不——遊戲不是這樣玩的，」艾比尼瑟說，「我要你別再丟東西，你從來不聽。這就是樂趣的一部分，不是嗎？」

尼可拉斯又是啜泣又是嗚咽，乞求饒他一命。艾比尼瑟看到怪獸在笑尼可拉斯，也跟著笑了。

「求求你，我什麼都願意做，」尼可拉斯哭著說，「把那個東西從我身上拿開！」

「什麼都願意嗎？」艾比尼瑟說。他思索片刻，評估自己該要求什麼作為贏家的獎品。「唔，如果你是說真的——那我要你當我的朋友。喔，然後你能不能叫其他小孩邀我去吃大餐、看比武？」

尼可拉斯點點頭，下脣因為恐懼而顫動。

「還有，如果你或是你那些自大的小不點朋友跟別人說起我的事，我絕對不會放過你們。」怪獸說。

尼可拉斯點點頭，上下點得如此厲害，腦袋彷彿隨時都要掉下來。艾比尼瑟漾起笑容，可是這次沒有一絲無力的樣子。他把怪獸從對方肩上挖起來，並說：「你可以走了……尼可魯蛇。」

尼可拉斯並沒有欣賞這個小玩笑，拔腿衝去跟姊弟會合。可是這也無所謂，因為怪獸哈哈笑了，牠與有榮焉的看著艾比尼瑟，模樣甚至比之前又壯了一些。

艾比尼瑟繼續走回家裡，雙手捧著怪獸。偶爾，他會在中間停下來，撿東西餵怪獸吃：蟲子、昆蟲，或任何他認為牠可能喜歡的東西。等他們到了後門，怪獸已經長成網球的大小。

「以前從來沒人為我做過那樣的事，」艾比尼瑟說，「我母親通常只是說，等我不再這麼煩人，生活自然就會變好。」

「你母親是個笨蛋。要我把她化成水灘嗎？」怪獸問。

「不，絕對不行！請別再威脅要把人化成水灘了。」艾比尼瑟說。他悲傷的低頭看著自己的襯衫，不只扯破了，還被泥巴弄髒。「可是如果你有什麼可以弄好我的衣服，我會很感激。」

「當你可以擁有全新閃亮的東西，何必修補壞掉的東西？」怪獸說，滴著口水咧嘴笑。牠左右扭動，發出嗡嗚，吐出了質料極為細緻的黃金鈕釦襯衫。

「這是我看過最美的嘔吐物。」艾比尼瑟說，撫搓著襯衫的柔軟布料，「你會留在我身邊吧？我想我跟你可以成為出色的團隊。」

「是的，我想你跟我會成為很棒的朋友，」怪獸這麼說讓艾比尼瑟臉紅了，牠接著說：「別擔心，我保證，你永遠、永遠甩不掉我。」

04 二手拍賣會

貝瑟妮在草坪旁的街道上設了個攤子，並掛上一塊標示寫著：

我們要把所有的怪獸東西處理掉——

全部收益都會捐給孤兒院。

「我們必須把標示拿下來——馬上。」艾比尼瑟說。

「喔，別這樣嘛，老兄。我跟貝瑟妮花了一整個早上才弄出來的。」克蘿黛特說。

「我不在乎，」艾比尼瑟說，「怪獸向來說得很清楚，我必須守口如瓶，不讓其他人知道。牠說過，要是有人知道牠的力量，我們會招來祕密移除惡棍戰隊跟其他人不必要的注意。」

「怪獸已經不在了，而且我喜歡那個標示，所以就是要繼續掛著。」貝瑟妮說。她雙臂抱胸，表示對話到此結束。

艾比尼瑟正準備無視她雙臂

抱胸的動作，再次懇求，但他們的對話被首位到來的客人打斷。艾杜瓦多．柏納克是個傲慢自大的男孩，鼻孔有如拳頭大小。只要街頭有市集或集會，他通常是第一個報到。

「啊，杜威色先生，真高興見到你。我本來不打算過來，因為我擔心這會是貝瑟妮的另一場惡作劇。」艾杜瓦多說。

「滾開啦，柏納克！」貝瑟妮說。

艾杜瓦多不為所動。他拿起《黃金男孩》（艾比尼瑟最愛的畫作），深深吸了口氣。

「嗯——真的可以在這幅畫裡聞出藝術才能。」

「這是非賣品。這些畫作都不賣。」艾比尼瑟說。克蘿黛特犀利的看著他，但他並未改變主意。

碰上這樣無禮的態度，其他人可能會換個地方購物，但艾杜瓦多．柏納克不是普通的顧客。他在草坪上漫步走逛，隨意瀏覽，看看有沒有其他適合購買的東西。他的鼻孔引領他到一塊沒有起司的起司板——鑽石包覆的起司板，是艾比尼瑟帶了一整個河狸小家庭給怪獸吃以後，怪獸嘔出來送他的。

「那這件精緻的餐廚用品呢？賣嗎？」艾杜瓦多問。

艾比尼瑟已經超過五十年沒用這塊鑽石起司板，可是他並不願意割捨。他正準備叫艾杜瓦多帶著鼻孔轉向別的地方時，貝瑟妮狠狠踹了他一腳——踹的方式讓他知道，他不應該得寸進尺。

「嗯哼，好吧，」艾比尼瑟對艾杜瓦多說，「可是你要好好照顧它喔。」

「別擔心，杜威色先生，我會把它當成我自己的靈魂，好好對待。」艾杜瓦多拿出肥厚的皮夾，「我該給多少錢？」

艾比尼瑟和貝瑟妮面面相覷。他們都不怎麼懂錢；貝瑟妮是因為從來就沒什麼錢，艾比尼瑟則是因為向來有花不完的錢。克蘿黛特也幫不上忙，因為牠習慣用的是溫特羅島的貨幣「円」。

「三千又兩塊英鎊[1]。」艾比尼瑟說。

「一碗水果跟一個全新的鉛筆盒。」貝瑟妮同時說。

艾比尼瑟、貝瑟妮、克蘿黛特禮貌的請艾杜瓦多稍等，並容許他們離開一會兒。經過一場激烈的對話之後，他們決定出價十二塊英鎊七十三便士。

這個交易划算極了，艾杜瓦多興高采烈，順帶買了發條橡膠小鴨拉斐爾。艾杜瓦多把消息傳出去，說二手拍賣會並不是貝瑟妮精巧的惡作劇，不久，幾乎街坊的每個人都過來看看，想替自己買點東西。

麻朵小姐，那位性情古怪、有實驗精神的糖果店老闆，拿了跳跳糖棒過來，換走了那幾臺甜點冰箱。而在動物園上班，長得像蜥蜴的女士，則以三英鎊八十七便士的美妙價格，替黑猩猩們買了一臺滑板車。連賈瑞德．克托弗雷奇也來了，他經營「深夜惡作劇賣場」，平常很討厭跟鄰居打交道。

「你來這裡做什麼？」貝瑟妮問。

「跟其他人一樣啊，」賈瑞德．克托弗雷奇說，露出他的金牙咧嘴笑著，「我來看看有什麼閃亮亮的東西可以帶回家。你呢，貝瑟妮？你好久沒到我的店裡來了。你應該來看看我新進的那些整人裝置，真是恰到好處的惹人厭呢。」

「不了，」貝瑟妮說，「我已經金盆洗手，不碰惡劣的整人把戲了。」

賈瑞德．克托弗雷奇從鍍金餐具組裡，挑了一把最銳利的刀子回家。其他物品在一小時內被掃個精光，鋼琴和讀心吸塵器是最後售出的——以二十條蟲的代價，賣給了鳥店老闆。

「十八條半如何？」鳥店老闆問。他身形魁梧、討人喜歡，但談到錢就

1 目前一英鎊大約是四十元臺幣。

特別謹慎。

「二十條，不要就拉倒，吝嗇鬼，」貝瑟妮說，「要是你再囉嗦，我們就賣給別人。」

「好啦，可是這個價錢最好包括運送。我可沒辦法一路拖回我的店，是吧？」鳥店老闆問。

貝瑟妮同意將運費算在售價裡，並把蟲子迅速收進自己的口袋。艾比尼瑟環顧草坪——除了他怎麼都不肯割愛的畫作，一件東西也不剩。

「我覺得你把我的人生整個送出去了。」艾比尼瑟說。

「只有怪獸化的那部分。你應該也讓我們賣掉畫作的。」克蘿黛特說。

「絕對不行，這些是我自己買的！如果我們把它們清出去，就不會是戒掉怪獸，而是戒掉艾比尼瑟！」

如果沒有怪獸，艾比尼瑟永遠也沒辦法買那些畫作，可是克蘿黛特什麼也沒說，因為他已經一臉難過。貝瑟妮收攏錢箱跟其他古怪的利潤，艾比尼瑟則負責拿標示和收攤子。他們朝房子走去，但克蘿黛特留在後頭。

「我恐怕得先走一步，小親親，」牠說，「今天晚上要彩排，有不少歌得準備。」

克蘿黛特起飛的速度有點慢，他們推測可能跟牠晚上失眠有關。當牠離開的時候，艾比尼瑟憂傷的看了空蕩蕩的草坪最後一眼。沒了怪獸嘔出來的那些東西，他的人生感覺有了缺憾。

「別擔心，你之後會感覺好很——多，我保證。」貝瑟妮說。

他們走進屋裡時，艾比尼瑟發現自己不出所料的並沒有好很多。他只要看到那些空出來的位置，想起原本都擺了怪獸的東西，便覺得更糟糕。

為了提振自己的精神，艾比尼瑟上樓到房間去，換上最愛的長褲。他正在決定要穿哪件衣服時，湊巧看到那件好幾個世紀以前，怪獸嘔出來給他的黃金鈕釦襯衫。

這是件魔法襯衫，多年來隨著艾比尼瑟的體型而放大縮小。細緻的布料依然耀眼得令人暈眩，如同怪獸當初嘔出來的模樣。

「喂，欠揍臉，你要下來了還是怎樣？」貝瑟妮從樓下大喊，「我們必須開車載東西去孤兒院。」

艾比尼瑟知道他最好應該跟貝瑟妮說說，她偉大的怪獸斷捨離任務中遺漏掉了這件襯衫，還有他衣櫃裡的其他衣物。可是他不想失去這件襯衫，更不想看到別人穿它。

「如果你十秒鐘之內不下來，我就把牛奶倒進你的鞋子！」貝瑟妮吼道。

艾比尼瑟帶點罪惡感，將襯衫套上身體。襯衫貼著皮膚緊縮起來，讓他不舒服了片刻。可是接著布料鬆開來，他又能輕鬆呼吸了。這很奇怪，甚至不可能發生，但他感覺襯衫跟著他一起呼吸。

「我現在就到車上跟你會合！」艾比尼瑟往樓下喊道，輕撫襯衫的絲質袖口，「我想你真的會喜歡我這身打扮……」

05 行善日

黃金鈕釦襯衫的布料平順柔滑，有如完美調製的巧克力慕斯，在艾比尼瑟的皮膚上，感覺起來跟好幾個世紀以前剛拿到一樣細緻。

他上次穿是在最近一次的跨年夜，當時怪獸處於罕見的慷慨情緒，替自己和他嘔出了私人的煙火秀。艾比尼瑟一想到沖天炮和圓筒煙火棒在怪獸的閣樓裡嘶嘶作響，四處飛竄，不禁咯咯發笑。

「我就說吧，怪獸斷捨離會讓你覺得很棒。」貝瑟妮說。

艾比尼瑟的咯咯笑戛然停止，轉為一陣詭異的咳嗽。

「我笑的原因不是那個。」他說，將注意力拉回方向盤上。

「那你在笑什麼？」貝瑟妮問。

「只是想到一個河馬的笑話，」艾比尼瑟說，「無關緊要。」

他轉了個彎開進孤兒院，一如往常，貝瑟妮整個人彆扭起來，坐立不安。回到那個地方一向讓她難受極了，因為她在那裡度過人生中最不快樂的時光。但是，走訪孤兒院也會讓她湧上一陣緊張的興奮感，因為在這裡可以碰到傑佛瑞——她惡作劇的前受害者，他們現在多少成了朋友。

「我不應該帶著這些蟲子。」貝瑟妮說。艾比尼瑟停車的時候，她把蟲子從口袋撈出來。「要是傑佛瑞看到我帶著蟲子，他會以為我想把蟲子塞進他的鼻孔。你把蟲子送給孤兒院好了。」

「我才不要。那些蟲子是你的問題。」

「我絕對不要被別人看到我帶著蟲子。你要不是用手接過去，不然就塞進你的鼻孔裡，你自己選。」貝瑟妮說。艾比尼瑟不情願的選了用手去接，貝瑟妮負責拿錢箱和他們在二手拍賣會上收到的其他東西。

他們一下車，眼睛就受到孤兒院醜陋外觀的強大衝擊。那看起來就像完全放棄打動別人的建物，等同有人在公共場合毫無顧忌的挖鼻孔，只是當事人是建築物。通常這個地方都因為孩子們而鬧哄哄的，可是這一回卻安靜得可疑。

「傑佛瑞去——」貝瑟妮話還沒說完就改口，「我是說，大家去哪了？」

彷彿回應她的疑問，孤兒院的新院長拖著腳步從房子裡走出來迎接他們。他叫提摩西．史基托，似乎不喜歡有訪客不期而來。

「喔，不，」提摩西對艾比尼瑟說，「請不要告訴我，你要再送個小孩過來。我連手邊現有的那些都快控制不住了。」

「我們過來，是為了拿錢和禮物來幫忙孤兒院。」貝瑟妮說。

提摩西把她講的話當耳邊風。

「不要把她留給我，我真的很不會應付小孩。」他懇求。

「沒什麼好擔心的。貝瑟妮會留在我身邊。我一個月前才從這裡接走她。」艾比尼瑟說。

「你該不會是那個貝瑟妮吧？」提摩西問，他現在看起來更擔心了。

「是，就是我，」貝瑟妮說，對自己滿意極了，「你一定聽過一些精采的事蹟吧。」

「我聽過滿驚悚的事情。像是你把芥末醬塞進牙膏，在玉米片裡藏假蜘蛛。別的孩子都很怕你。」提摩西說。

「怕？可是那些都是開玩笑啊！」貝瑟妮說，「傑佛——所有的小孩聽起來都很怕我嗎？」

「我幾乎沒時間跟他們所有人碰面，更別說問他們對你的看法。可是從我聽到的一切看來，你是個像怪獸的可怕小鬼頭。」提摩西說，害怕的畏縮起來。

他選用「像怪獸」這字眼真是失禮。貝瑟妮聽到自己的名聲低落成這樣就已經相當受傷，被形容成怪獸，更讓她整個人都崩潰了。

「我才、不、是、怪獸。我現在正努力變好。看看我們帶了這些蟲子要送你！」她說，指著在艾比尼瑟掌心中不停蠕動的各種蟲子。

「喔，太棒了，一些蟲子跟一個小孩正是我需要的，」提摩西哀號，「反正依我看，你也不會比葛洛麗亞更糟糕了。」

貝瑟妮沒聽過「葛洛麗亞」這個名字，怪了，因為孤兒院的孩子她全都認識。她花過不少時間和精力，為每個孩子量身打造整人把戲。

「葛洛麗亞？」貝瑟妮問。

「對，葛洛麗亞．柯薩克，」提摩西悲嘆，「她是柯薩克夫婦的女兒——就是經營劇場的那對夫婦。她跟我同一天抵達孤兒院，自此之後她就一直害我的生活悲慘無比。」

「柯薩克夫婦怎麼了？我不知道他們過世了。」艾比尼瑟說，雖然他並不訝異。當你活到五百一十二歲，四周總是陸續有人離世。

「他們沒發生什麼事，他們身強體壯，健康得很，」提摩西說，「他們只是受不了自己的女兒。我一直想辦法要把葛洛麗亞還給他們，可是他們怎麼都不肯開門。」

「葛洛麗亞在哪裡？我可以見見她嗎？」貝瑟妮問。

「不可以，你也不該見她，」提摩西說，「葛洛麗亞今晚要去參加什麼秀的彩排場次，所以她要其他小孩抬著寶座，帶著她在附近繞繞，買些零食跟服裝。那場表演聽說有會講話的企鵝，或會唱山歌的鴿子——那類的愚蠢東西。葛洛麗亞也逼我去看。」

「是會唱歌的鸚鵡啦，那將是超棒的夜晚。」貝瑟妮說，「如果你不想去，幹麼不叫葛洛麗亞滾開？」

提摩西發出尖亢的笑聲。「沒人能叫葛洛麗亞滾開。她一旦打定主意要做什麼，或是要別人做什麼，什麼都阻擋不了她。」他說。

貝瑟妮認為提摩西是個軟弱的人。她很想分享一些惡作劇的祕訣給他，好讓葛洛麗亞乖乖聽話，可是她擔心這樣不算是「怪獸斷捨離」的活動。

反之，她和艾比尼瑟把二手拍賣會的收益捐出去。提摩西並不怎麼感激。「絕對不能讓葛洛麗亞發現這筆錢，」他一邊喃喃自語，一邊走回辦公室，「她會再逼我買一雙踢踏舞鞋給她。」
這場會面跟貝瑟妮原先的預期截然不同。她原本希望自己因為善體人意而得到對方明顯的感謝，結果卻得到怪獸般的惡名。他們回到車上時，她忿忿的用力扣上安全帶。
「感謝老天，這事結束了。」艾比尼瑟說。
「事情沒有結束了。距離結束還遠得很。」貝瑟妮說，「你都聽到提摩西跟拍賣會上那些人說的了——大家都認為我是個怪物。我們必須把怪獸斷捨離提升到另一個層次。」
「拜託，不要再怪獸斷捨離了。」艾比尼瑟呻吟。
「哼，我們必須對自己做過的壞事做出補償。」貝瑟妮咬著嘴脣，然後用肅穆的語氣說：「我們必須做點好事。」
「除了好事之外的事都好，拜託，貝瑟妮——發發慈悲。幾個世紀以前，我試過做好事，最後換來大家對我丟樹枝和泥巴。」

可是貝瑟妮一心想完成任務。把鋼琴和讀心吸塵器送到鳥店老闆那裡之後，她要艾比尼瑟把車停在路邊，好好思考這件事。

「你想先做什麼？」艾比尼瑟意興闌珊的問。

「不知。我怎麼會知道好人都做什麼？」貝瑟妮直截了當回問他。

兩個人都在腦袋裡胡亂搜索了一陣，看看能不能想出什麼點子。對於行善這門技巧，他們嚴重缺乏經驗。

「我想我們必須找個好人，模仿對方的作法。」艾比尼瑟說。

他們開車在附近徘徊，看看能不能找到好人。過了大約二十分鐘，他們覺得找一隻渡渡鳥還比較簡單。

「那邊那個人怎樣？」貝瑟妮問，開車經過漫畫店。

「眉毛那麼捲的人不可能是好人，」艾比尼瑟說，「那個如何？」

「不行，她看起來像是萬聖節若有人上門討糖果，會拿蘋果送人的人。」貝瑟妮說。

他們開車繞啊繞，排除了街坊鄰居的另外幾人。要找到適合的人這麼困難，他們的火氣都上來了，不過接著他們差點撞倒一位慈祥的老婦人，她看起來正是適合人選。

「我沒看過比她更慈眉善目的人了，」艾比尼瑟說，「看，雖然我們差點輾過她，她還向我們道歉呢。」

「對啊，她超棒的。這種人要是發現你在玩不給糖就搗蛋，絕對會塞一大堆巧克力給你。」貝瑟妮同意。

艾比尼瑟按響喇叭，貝瑟妮搖下窗戶，跟老婦人說話。

「打擾了，慈祥的老太太，我們在想能不能問你一兩個問題？」艾比尼瑟問。婦人很高興有人說她慈祥（可是對於被說「老」，就沒那麼興奮），於是她點點頭，將耳朵湊向車子。「首先，你會說你是個仁慈好心的人嗎？」

「喔，這我就不確定了，」慈祥的老婦人說，「我想外頭一定有比我更仁慈、更好心的人。」

「那就是好人會說的話。幹得好，你通過測試了！」貝瑟妮說。慈祥的老婦人很高興，雖然她根本不知道剛剛在測試。「好了，我和我朋友艾比尼瑟想要當好人。我們要做什麼，才可以像

你這樣？」

慈祥的老婦人不知道該怎麼回答這個問題。她仰望天空，忖度說什麼最有用。不久，貝瑟妮不耐煩起來。

「跟我們講講今天好了，你現在打算做什麼？」貝瑟妮問。

「唔……首先，我打算先拿一袋衣物到洗衣店去，再去吃一頓遲來的午餐。我考慮喝個濃湯什麼的，」慈祥的老婦人說，「抱歉，我說的可能沒什麼幫——」

「太好了，那正是我們需要的！」貝瑟妮說。

她立刻關上車窗，而艾比尼瑟猛踩油門。他們一回到家裡，就把所有的髒衣服都丟進洗衣機，然後煮了肉豆蔻濃湯來喝。

「你覺得自己有什麼改變了嗎？」艾比尼瑟問。

「沒。我們一定有什麼地方做錯了。」貝瑟妮說。

他們又把衣物洗過一遍，這次設定為「超高級洗衣程序」，還煮了防風草根蘑菇濃湯喝，但還是感受不到一絲行善的感覺，倒是覺得相當荒唐。

「我們有點蠢，對吧？」艾比尼瑟一面竊笑一面說。

「對啊，百分之百的白痴，」貝瑟妮說，也嗤嗤笑了幾聲，「那個女士一定跟我們說錯了方法——真是糊塗蛋。我們回去看看能不能找到她。」

「你想我們時間夠嗎？」艾比尼瑟問。

他們看著廚房裡剩下的最後一個時鐘，意識到根本沒剩下多少時間。他們再過十四分鐘就得到柯薩克劇場。

06 最了不起的演藝鸚鵡

克蘿黛特邀請的客人數量，幾根爪子就數得出來，因此劇場不至於太熱鬧。

艾比尼瑟一進到劇場就去樓上的皇家包廂，貝瑟妮則下樓到前排座位去，因為她想跟孤兒院的孩子坐在一起。貝瑟妮特別想跟傑佛瑞一起坐。目前，他倆的友誼幾乎建立在互相推薦漫畫上。

「喏，」貝瑟妮說，從背包裡抽出一本漫畫，「這本有我上次跟你講過的惡魔捕鳥蛛。」

「太好了。我也有一本要拿給你，講的是一個偽裝成烏龜的警探。」

貝瑟妮翻了幾頁《烏龜督察：腦筋轉得快、走路慢吞吞》，立刻決定她會喜歡上這本書。她將漫畫塞進背包，換了話題，說起孤兒院的新院長。

「你覺得提摩西這個人怎樣？」她問。

「喔，還好，還好。他鏡框的形狀很不尋常。」傑佛瑞說。

傑佛瑞是個很有教養的男孩，他從小被教導要發掘別人身上最棒的優點，即使那個人最棒的部分是普通有趣的眼鏡形狀。傑佛瑞無論如何都不肯說別人壞話，這點觸怒了貝瑟妮。

「我覺得他是弱雞，連帶老鼠去找一點起司都辦不到。」她說。

「如果他對某些孩子的態度可以強硬一點——尤其是葛洛麗亞，會很有幫助。不過，我確定他已經盡力了。」傑佛瑞說，這已經是他最接近侮辱別人的表達。

「這個葛洛麗亞是什麼樣子？比我還糟糕嗎？」貝瑟妮問，起了古怪的競爭心。傑佛瑞舉高雙手作為回應，上頭都是割傷和OK繃。

「葛洛麗亞逼我們幫她縫一件亮片外套，可是我們都不大會用縫紉機。」他解釋。

「她為什麼要你們替她弄亮片外套？」貝瑟妮問。

「你等一下就會看到了，」傑佛瑞說著便站起來，「抱歉，我和哈洛德必須準備煙霧機。葛洛麗亞逼我們全部的人幫她辦一場突襲表演，她打算劫走這場彩排。」

傑佛瑞跑過走道，一面向觀眾道歉一面爬上舞臺。隔了一排，有個叫哈洛德．奇肯的孩子也做了同樣的事情——但沒有道歉得那麼頻繁。

傑佛瑞和哈洛德臨時找不到煙霧機，所以隨機應變，點燃了幾張報紙，拿著在舞臺布幕前面跑來跑去。同時，孤兒院的其他孩子則開始模仿鼓聲，宣告葛洛麗亞出場。他們用裂開的筷子猛敲空餅乾鐵盒，作為鼓組的替代品。

鼓聲越來越大，報紙的煙越來越濃，最後葛洛麗亞．柯薩克闊步走上舞臺，穿著車得歪七扭八的亮片外套，搭配過大的禮帽，腳踩一雙踢踏舞鞋，在地板上留下深深的釘痕。貝瑟妮已經想把蟲子塞進她的鼻孔。

「你們這些幸運無比的人啊。」葛洛麗亞開場，語調非常做作，彷彿她說的每個字都照鏡子練習過好幾次。「今天晚上你們看到的不只是一場表演，而是兩場！非常抱歉，不過我的表演會比那隻鸚鵡的演出好很多。」

她表演了一首自創的歌曲〈光榮的葛洛麗亞〉，傑佛瑞和哈洛德則在舞臺上跑來跑去，搧掉他們剛剛製造出來的煙霧。這是一場載歌載舞的表演，可是無論是歌聲或舞蹈，都沒為觀眾帶來一絲喜樂。

「我的耳朵痛痛！」艾美．克魯說，她是孤兒院的幼兒，正坐在傑佛瑞座位的另一邊。她對這場表演的評論說出了所有觀眾的心聲。

那首曲子明明很短，感覺卻好長，葛洛麗亞唱到結尾的時候，貝瑟妮覺得自己已經在劇場裡坐了一整個星期。掌聲零零落落。

「別客氣，」葛洛麗亞說，深深一鞠躬，「可是恐怕沒有安可曲了。」

葛洛麗亞這麼宣布之後，掌聲頓時熱烈不少，有個如釋重負的劇場迷發出歡呼。

「葛洛麗亞比我想得還糟糕！」傑佛瑞回到座位時，貝瑟妮對他說。

「唔……咳……至少……咳、咳咳……她……咳有自信。」傑佛瑞說。

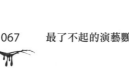

葛洛麗亞離開舞臺，換柯薩克夫婦踏上舞臺。他們看起來就跟優格塑膠杯差不多有趣和戲劇化。

「我們為葛洛麗亞和『臨時穿插』的演出感到抱歉。也許她是我們的女兒，但我可以向你們保證，我們並沒有把她當成家裡的一分子。請不要用你們剛剛看到的東西來評斷我們，或評斷柯薩克戲劇學校。」柯薩克先生說。

「我先生說得沒錯，」柯薩克太太附和，語氣跟柯薩克先生一樣單調，「好了，你們都知道，今天晚上只是為了星期五演出所做的彩排。我們這裡一向追求突破和身歷其境的劇場體驗，可是這是我們第一次邀請會唱歌的鸚鵡在劇院登臺。如果表演最後很糟糕，我想致上個人的歉意，但絕對無法退費。請大家歡迎克蘿黛特上臺。」

柯薩克夫婦走下舞臺。布幕慢慢展開，克蘿黛特現身了，停棲在一張吧臺椅凳上，圍著華麗的羽毛圍巾。在聚光燈的籠罩下，克蘿黛特臉上睡眠不足的狀態更加明顯，雖然不大可能，可是貝瑟妮認為克蘿黛特從早上以來又掉了一點體重。

「晚安，小親親們，歡迎來到『派崔克盛會』！感謝你們讓我在你們面前彩排——你們真大方。」克蘿黛特說。牠的表演緊跟在劇場史上最糟糕的暖場表演後頭，然而牠一點都沒受到影響。

「你們今晚即將聽到的歌曲，全是我表親派崔克表演過或創作的——牠是史上最了不起的鸚鵡之一。一個月前的今天，派崔克在這個街坊裡過世，這場演唱會是為了紀念牠過了

美好快樂的一生，今天晚上的歌曲都會反映這一點。」

貝瑟妮抬頭望向皇家包廂，看到艾比尼瑟心虛的扭動身子。

「我沒做過這樣的表演，可是腦袋裡有個聲音告訴我，我應該勇敢一試。那個聲音就是不閉上嘴。總之，話說夠了——音樂來吧！」克蘿黛特說完，立刻以特別花俏的風格，唱起ABBA樂團的〈仲夏夜之城〉。

克蘿黛特天衣無縫的進行彩排，唱著來自派崔克鳥生中的歌曲，並在其中穿插著動人有趣的軼事，分享牠跟這位表親曾經共度的時光。這一小撮觀眾在每首歌的結尾都會起立鼓掌，從這點就可以看出，牠是位才華洋溢的表演家。

「喔，小親親，你們人太好了。」彩排即將結束時，克蘿黛特說。那些發亮的臉龐開心的回望著牠，讓牠心生歡喜。「遺憾的是，彩排即將結束。在這壓軸的重頭戲，我打算唱一首有趣的小曲子，是派崔克當初跟披頭四一起巡迴演出時創作的。牠的作品裡，我最愛這首，不管什麼時候聽到，總讓我覺得自己在這世上無所不能。」

這首歌確實很有趣，讓人忍不住用腳打拍子。它叫做〈颶風野餐〉，副歌悅耳又好記，劇場裡的每個人都跟著一起唱和。

「颶風來了，喔，可是影響不了我們。
只要你在我身邊，喔，煩惱煙消雲散。
親愛的，來跳首華爾滋，高唱我們的歌，
鋪開最棒的地墊，擺上煮水壺——
什麼都傷不了我們，因為我們在一起。
就讓這場颶風持續吹下去。」

貝瑟妮並未加入合唱，因為她不大會唱歌。儘管如此，克蘿黛特快唱完這首歌的時候，大家都呼喊著要牠再唱一回。

「天啊，你們人真好，派崔克會很高興的。我想我們還有時間再唱一首——你們確定要聽同一首嗎？我還知道很多歌喔。」克蘿黛特說。

「還要颼風！還要颼風！」觀眾席的每個人都呼喊著。

克蘿黛特對著群眾露出燦爛笑容。不過，就在牠燦笑的時候，葛洛麗亞開始扯著哈洛德．奇肯的頭髮並痛罵他，因為他給了克蘿黛特更熱烈的掌聲。這樣苛刻的景象似乎深深影響了克蘿黛特。牠的左眼抽搐起來。

「還要颼風！還要颼風！」觀眾再次呼喊。

克蘿黛特把視線從扯人頭髮的葛洛麗亞移開。牠喝了口水，清清喉嚨再次開唱，但這一次出了點狀況。

牠嘴喙發出的頭一個音符不僅不有趣，也不會讓人想用腳打拍子，聽起來倒像是貓咪用腳爪刮過黑板。貝瑟妮聽克蘿黛特唱過幾首歌，但從沒遇過牠走音。

「萬分抱歉，」克蘿黛特聲音虛弱的說，身子搖搖晃晃，「我們再試一次。」

克蘿黛特沒有機會再試一次，因為牠昏倒了，從吧臺椅凳上跌下來。綠色布幕在牠面前迅速關起。

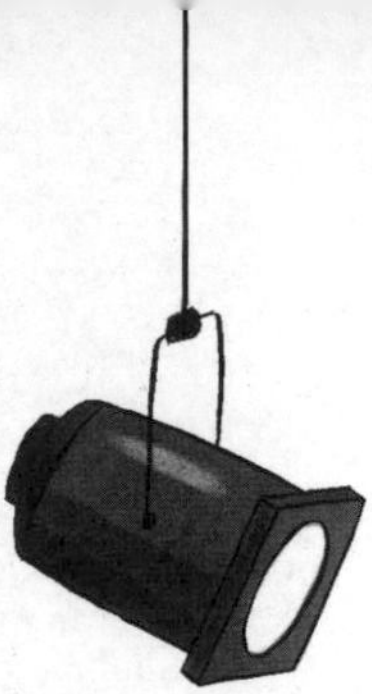

07 時髦的柏納克

貝瑟妮和艾比尼瑟衝到後臺。克蘿黛特倒在布幕後面，失去了意識，柯薩克夫婦狐疑的瞅著牠。貝瑟妮從背包裡抽出彈弓，放上一顆爛番茄，瞄準柯薩克夫婦。

「誰對牠下了毒手？」她問，「快點自首，不然我就讓你瞧瞧痛苦的真義。」

沒人走上前來。沒人被迫見識到痛苦的真義。

「我想牠只是自己倒下了。」艾比尼瑟說。

「也許這是表演的一部分？」柯薩克先生提議，「有很多劇碼，主角到劇終的時候都死了。不過在演唱會上看到這種事，是有點不尋常。」

「還要颶風！還要颶風！」剩下的觀眾在布幕另一側大喊。

「我們應不應該……喔，我不知道……叫什麼人或什麼東西過來？」柯薩克太太說。

大家還來不及叫什麼人或什麼東西過來，克蘿黛特就甦醒了。牠踉踉蹌蹌站起身，環視舞臺，滿眼恐懼和迷惘。

「發生什麼事了？」牠問。

「還在調查。」貝瑟妮說。她朝著舞臺四周惡狠狠的揮舞彈弓。

「你摔下來了。也許安可曲對你來說負擔太重？」柯薩克先生說。

「不，不可能啊。溫特羅島的鸚鵡總是隨時準備再唱一首歌。」克蘿黛特說。

「也許你吃得太少了？」艾比尼瑟提議。

克蘿黛特的眼神掠過希望。「唔，我剛剛只吃了香蕉。我從鳥店老闆那裡直接飛來，他連一隻蟲也沒分我吃。貝瑟妮，你會不會很介意，如果我……」克蘿黛特問，滿懷希望看著那顆爛番茄。

貝瑟妮把番茄從彈弓卸下，往空中一拋。克蘿黛特用嘴喙接住，一口吞掉，牠蒼白的紫色臉頰恢復了一點血色。

「你還需要什麼嗎？水？ＯＫ繃？用來敷腦袋的冰塊？」貝瑟妮問。

「喔，別擔心。我現在好多了，我保證，」克蘿黛特說，「沒必要大驚小怪。」

「還要颶風！還要颶風！」觀眾不耐煩的吼道。

克蘿黛特蹣跚走向布幕，但柯薩克太太制止牠，並說：「我想你還沒準備好再唱更多歌。」

「可是沒有其他人可以替這場秀收尾。」克蘿黛特說。

彷彿收到暗號似的，葛洛麗亞聲勢浩大的回到舞臺上，決心要獻上那一小撮人不想要的東西。貝瑟妮他們聽到葛洛麗亞在布幕外清了清喉嚨。

「大家好，我有天大的好消息！」葛洛麗亞用做作的嗓音說，「不誇張，我剛剛寫了一首全新的歌曲，叫做……〈旋風零食〉！」

這首歌是〈颶風野餐〉的仿冒品，而且品質不大好。葛洛麗亞腳踩踢踏舞步，用刺耳的聲音高歌，逼得大家以雙腿能擺動的最快速度逃向門口。

當葛洛麗亞終於一鞠躬，觀眾席早已一人也不剩，但她並沒有注意到。她穿過布幕和貝瑟妮與其他人會合。

「剛剛很精采吧？」葛洛麗亞說，「你們有沒有看到大家起立鼓掌？」

「那不是起立鼓掌，是大家起身離開。」貝瑟妮說。

葛洛麗亞狠狠瞪了貝瑟妮一眼。她並不喜歡負面的回饋。

「給我那把彈弓，」葛洛麗亞說，「我下次在孤兒院表演的時候，要拿來當道具。」

「滾開，臭嘴巴。」貝瑟妮說，把彈弓抓得更緊。

葛洛麗亞．柯薩克不習慣被拒絕，或是接受「滾開，臭嘴巴」這樣的回答。她將雙手搭在臀部上，彎起骨節明顯的膝蓋，開始用踢踏舞鞋刮磨地板，發出令人極為不快的噪音，舞臺鋪面被扯破了一塊。

「啊啊啊！」貝瑟妮叫道，在她忙著用手指塞住耳朵時，鬆手掉了彈弓。葛洛麗亞一把撈起彈弓，露出勝利的笑容。

「我一向要什麼就有什麼，」葛洛麗亞說，轉向父母，「媽咪和爹地，你們覺得我的表演如何？」

「請不要那樣叫我們！」柯薩克先生吼道。

「剛剛那場表演還是你最差的一場！」柯薩克太太補充。

葛洛麗亞一時露出被父母評語刺傷的模樣。克蘿黛特看到這樣的惡意，左眼再次抽搐。「我的下一場會比這好很多——你們等著看吧！」她喊道，然後再次衝過布幕，朝其他孤兒追了過去。

「請原諒葛洛麗亞，她讓我們家顏面掃地，」柯薩克先生說，「當初不該生孩子的。」

「沒錯，先來處理沒那麼惹人厭的事情吧，」柯薩克太太說，「克蘿黛特，我們相當欣賞你的演出，強烈震撼了我們倆的心。」

「我們也認為這可能是賺錢的好機會。接下來三天，你願意多做一點事，來宣傳這場表演嗎？」柯薩克先生說。

克蘿黛特搖搖頭。柯薩克夫婦一起噘起嘴脣，露出猙獰的表情。

「喔，親愛的，不。我寧可維持小型的演唱會——理想上，不要比今天晚上的彩排規模大太多，」克蘿黛特說，「我不大知道怎麼應付塞滿了人的劇場。那樣的場合比較適合派崔克。」

「可是——」柯薩克先生開口。

「沒有可是。如果牠不想，就不要，」貝瑟妮說，「來吧，克蘿黛特，我們帶你回家。」

貝瑟妮、艾比尼瑟和克蘿黛特相偕離開劇場，駕車揚長而去。貝瑟妮和艾比尼瑟坐在前座，克蘿黛特停棲在車頂上。

他們抵達那棟十五層樓房子時，克蘿黛特說：「我永遠習慣不了這裡。它太美了，像我這樣的鸚鵡會想花整個傍晚『哇啊』、『天啊』的讚嘆不停。」

「這房子在你叫我們賣掉所有的好東西以前更美。」艾比尼瑟嘀咕。

「唔，我想房子裡還是有不少漂亮東西，」克蘿黛特說，「拿你身上穿的襯衫來說好了──我從沒見過這麼美的物品！你以前穿給我看過嗎？」

穿著那件襯衫的艾比尼瑟從「派崔克盛會」開場以來，就已經渾身不自在。怪獸的禮物精緻又柔軟，讓他心虛得皮膚發癢。

「你肯定沒看過。」他說。

「嗯？怪了。不知怎的，我覺得我認得。」克蘿黛特說。

貝瑟妮立刻忙碌起來，替大家準備三明治。這還是她製作三明治職涯的初期，她的食譜頂多只能形容為「富實驗性」。

「喏，」她說著便將盤子放在桌上，「左邊那個是芥末加橘子果醬，中間是紅椒粉加馬麥醬，右邊是新升級過的壓扁瑪芬──是艾比尼瑟的最愛。」貝瑟妮誤以為艾比尼瑟是她三明治的超級粉絲。他常常是第一位試吃那些三明治的人，早已習慣每吃三個新口味，至少有兩個食不下嚥。不過，克蘿黛特似乎有不同的感受──牠一個接一個的大口吞下三明治，每吞一個，就愉快的發出輕柔的啼鳴。

「萬分抱歉，各位，都快被我吃光了！」克蘿黛特說。

貝瑟妮很開心看到自己的三明治這麼受歡迎；艾比尼瑟看到三明治被吃掉，同樣開心。他們都請克蘿黛特把三明治吃完。

「唔唔唔，太棒了！」克蘿黛特說。飽餐一頓之後，牠的肚皮圓滾滾。

「你真的是個才華洋溢的年輕女孩，貝瑟妮。」

貝瑟妮得意的露出笑容，然後疲憊的打了哈欠。怪獸斷捨離、行善、上劇場、做三明治，忙了一整天後，終於耗盡了她的體力。

「我懶得上樓了，我要再去睡沙發。」貝瑟妮說。

「別傻了，我帶你上去。抓住我的腳爪。」克蘿黛特說。

「你之前都暈倒了，確定體力夠嗎？」貝瑟妮問。

「喔，我不會有事的。那些三明治應該可以讓我維持好幾天的體力。」

克蘿黛特懸浮在貝瑟妮的頭頂上，方便她抓住自己的爪子。

「晚安，艾比尼瑟。」貝瑟妮說，又打了個哈欠。

「晚安，貝瑟妮。」艾比尼瑟說。

克蘿黛特看著艾比尼瑟，貝瑟妮垂吊在牠的爪子下晃呀晃的。「我不知道為什麼，可是就是甩不掉這種感覺——我以前在某個地方看過那件襯衫。」牠說完便帶著貝瑟妮飛到臥房。

那番話給了艾比尼瑟致命的最後一擊。在克蘿黛特唱搖籃曲給貝瑟妮聽時，他脫掉襯衫，在洗衣籃裡挑了一件換上。

要丟棄這樣美麗的衣物感覺很可惜，於是他走到柏納克家，戳戳門鈴。艾杜瓦多打開門，正啜飲著一杯香濃的熱可可。

「還有一件物品要拍賣，」艾比尼瑟說著便把襯衫遞過去，「它會自我清洗，是世上最精緻的材質做成的。」

艾杜瓦多對著襯衫深深吸了幾口氣。「確實很不錯，杜威色先生，可是對我來說恐怕有點太大。」他說。

「穿上去吧，它會自己調整。」艾比尼瑟說完便幫忙拿著熱可可，好讓艾杜瓦多試穿。起初整件襯衫鬆垮垮的，但一轉眼就縮小服貼在艾杜瓦多身上，看起來簡直像為他量身訂做。

「這比我今天買的其他商品都好太多了，」艾杜瓦多說，「那個鑲鑽的起司板不知道為什麼，害起司都長黴了，而且不是正常的起司黴菌喔。然後那隻鴨子，唱的都是些令人沮喪的曲子。我正準備向你們申請退款，不過這東西彌補了一切。」

「那就好。這件襯衫比那些東西全加起來還要珍貴，所以我準備留著這杯熱可可。」他不理會艾杜瓦多的「喂！」和「別這樣，先生！」，逕自回到自己家，配著一塊維多利亞海綿蛋糕，將熱可可享用完畢。然而他明明待在舒適的大客廳裡，坐在最豪華的扶手椅上，卻遲遲甩脫不了他將襯衫交出去時，所體驗到的某種感受。

真奇怪（甚至荒唐），可是當他把襯衫送給艾杜瓦多的時候，他敢發誓，那件襯衫一臉怒容——彷彿很氣艾比尼瑟竟然將它送給別人。

「太荒謬了，」艾比尼瑟自言自語，「襯衫又沒有感覺！」

08 珍貴的嘔吐物

那天晚上，艾比尼瑟的夢境被回憶糾纏。在夢中的最後一個回憶裡，他坐在怪獸的閣樓，用刺繡精美的手帕輕抹乾巴巴的雙眼。

「我還是不明白，你為什麼要我嘔出那個荒謬東西。」怪獸說。

「為了葬禮用的，」艾比尼瑟受傷的說，「而且那是一場令人滿意的好葬禮。唔，不該說好……更不該說滿意。可是，你知道的，有不少人為了表達敬重而哭泣。我想尼可拉斯會非常欣慰。」

「我親愛的男孩，我想如果他不是粗心大意，被自己削尖的樹枝刺死，他會更加欣慰。」怪獸說，「他是個不值得哀悼的蠢蛋。你早該在多年前讓我把他化為水灘。」

「他一直很愛弄削尖的樹枝……」艾比尼瑟說。

即使他倆的關係起頭障礙重重（有石頭和削尖樹枝擋路），艾比尼瑟最常閒聊的人類對象仍是尼可拉斯。這是因為他有怪獸的要脅背書，逼尼可拉斯每個週六下午都跟他一起過。

在這種情況下，對話不太意外的多少有點生硬。儘管如此，尼可拉斯過世的時候，艾比尼瑟還是決心要感覺沮喪。

「好了，艾比尼瑟。都因為你想追求悲慘，我的情緒也連帶低落了。你要我嘔出一點華麗的長褲或什麼的嗎？」怪獸問。

「我想不會有幫助。」艾比尼瑟說，華麗長褲竟然什麼忙都幫不上，這狀況前所未見。「最讓我難過的是，我再也沒辦法跟尼可拉斯共度尷尬的下午了。這向來是我每星期的亮點，雖然我確定那是他的低點。我只是想不通，怎麼會有人前一天還在，隔一天就不見了。」

「這就叫死亡，艾比尼瑟。所有愚蠢的人類都會經歷到這種事。」

艾比尼瑟再次抹了抹眼睛。這一回主要是為了讓怪獸看到，牠的評論毫無助益。

「喔，好啦，」怪獸說，嘆了口臭烘烘的氣，「如果我嘔出一個讓你可以再見他一次的方式，你會振作起來嗎？」

艾比尼瑟熱切的點點頭。怪獸閉上三隻眼睛，合上流口水的嘴巴，開始蠕動那一大團身體，左右搖晃，發出低沉的嗡鳴。

接著，突然間——艾比尼瑟醒了過來。

他已經好幾個世紀沒想到尼可拉斯，以及怪獸慷慨嘔出來的那份禮物。

他打扮好下樓去，試著想通那段回憶為何又回來了。

廚房的收音機開著，鄰里廣播電臺正循環播放〈颶風野餐〉，因為每個參加過彩排的人都打電話點播這首歌。克蘿黛特跟著音樂邊唱邊跳，春風滿面。但貝瑟妮只是跟著舞動，怎麼樣都不肯在克蘿黛特面前開口唱歌。

艾比尼瑟加入他們的行列。他的歌聲還算合格，不過舞蹈糟糕透頂——手腳亂揮亂動，沒有一點節奏感。他在其中一個特別有野心的動作裡，撞上了平底鍋。

「你在幹麼啊，笨蛋欠揍臉？」貝瑟妮嘲笑他。比較有禮貌的克蘿黛特則努力板著臉，不要笑出來。

「像回到一八九九年那樣，澈底拋開拘束啊。我必須說，這比平常的晨間泡澡帶給我更多活力，」艾比尼瑟說，「你應該試試看。跟我們一起唱嘛！」

「才不要，我不會唱歌。」貝瑟妮說。可是她講話的聲音被放聲高歌的艾比尼瑟和克蘿黛特蓋了過去。

他們三個繼續隨著音樂起舞，直到電臺終於不顧眾人的要求，播放了另一首歌。艾比尼瑟走到餐桌，發現貝瑟妮已經幫他擺好餐具。刀叉放錯邊，餐巾天鵝摺得像是被坐扁的海鷗，但她善體人意的擺出他最愛的漫畫。儘管這比不上全能怪物送的魔法禮物，艾比尼瑟仍相當感激。

「好了，小親親們，你們兩個今天

早上想來點什麼？」克蘿黛特問。

克蘿黛特堅持每天由牠做早餐，以答謝艾比尼瑟和貝瑟妮讓牠借住這棟十五層樓的房子。而就像所有的溫特羅島紫胸鸚鵡，牠有能力生出裡面含有各類食物的鳥蛋。

艾比尼瑟總是想考驗牠。「抹了魚子醬的吐司，上面要撒點喜馬拉雅松露。」他說，相信自己這次勢必難倒了牠。

克蘿黛特點點頭，跳上跳下兩次，扭了一回屁股。十秒之後，牠下了顆閃亮的藍色鳥蛋，交給艾比尼瑟。

「喏。」牠說，嘴喙露出得意的笑容。

艾比尼瑟在盤子上敲開鳥蛋，裡頭正是一份撒了喜馬拉雅松露的魚子醬吐司。他試探的啃了一小口，發現是他所嚐過數一數二的美味。克蘿黛特為貝瑟妮下了顆滿是法式巧克力麵包的蛋，也引起極佳反響。

「你真是太神奇了！你也可以下本漫畫給我看嗎？」貝瑟妮問。

「恐怕沒辦法。要記得，我們鸚鵡只能下食物。」克蘿黛特說。

「在以前，不管是世界上的什麼東西，我的怪獸都嘔得出來。」艾比尼瑟說。

他想也沒想就脫口而出。貝瑟妮和克蘿黛特滿臉驚恐的看著他。

「我覺得怪獸不大適合當成早餐餐桌的話題。」克蘿黛特說。

「沒錯，絕對不適合！」貝瑟妮說。

「抱歉，我昨天晚上做了個美妙的夢。」艾比尼瑟說。他再次想起夢中的怪獸禮物，納悶是否還在屋子裡的某個地方。「我的意思是，惡夢。我做了個可怕的夢。」

「喔，我也是。我夢到自己在不同的身體裡，而且還忍不住嘲笑某個痛苦哭泣的人，」克蘿黛特說，「這很詭異，因為我對欺壓或各種惡形惡狀一向很敏感。無所謂，反正是一堆沒意義的內容。你睡得怎樣，貝瑟妮？」

「不錯啊，」貝瑟妮說，她很失望只有自己沒有惡夢可以報告，「除了打呼，什麼都沒有。」

「你真好運。好了，告訴我，你們今天有什麼計畫？」克蘿黛特問。

「做更多好事吧，我想。」貝瑟妮說。

艾比尼瑟叫苦連天，克蘿黛特則笑容滿面，問貝瑟妮打算行什麼善。

「不知道，」貝瑟妮回答，「我們試過喝濃湯跟洗衣服，可是沒效果。你有什麼想法嗎？」

「唔，當志工應該不錯。」克蘿黛特說。

「當自什麼？」艾比尼瑟問。

「是『志』工。就是替自己的社區做些各式各樣的小事。」克蘿黛特說。

「那有什麼意義？」艾比尼瑟問。

「我不確定有什麼意義，但能夠幫助別人總是好事。」克蘿黛特說。

「我覺得這點子很棒！」貝瑟妮說，「我們就叫這任務『怪獸志工』吧！」

「不，絕對不行。不要再跟這棟房子之外的人提到怪獸了，」艾比尼瑟說，「記得我跟你說過，那個專門獵捕怪獸的祕密組織嗎？他們可能無所不在。」

「就算他們踏上我們家門前的階梯也無所謂，你這白痴。因為怪獸已經不在這裡了。」貝瑟妮說。

「我曾經把牠藏在屋子裡，所以還是可能惹上麻煩。」艾比尼瑟說。

「真是胡說八道，」貝瑟妮說，「搞不好根本沒有那個祕密組——」

敲門聲打斷了她。艾比尼瑟嚥嚥口水。

「不，不可能。」貝瑟妮說。

她和克蘿黛特走去應門，艾比尼瑟決定躲進桌子底下。他們走到門前時，放眼不見任何祕密情報員，只有那位在動物園工作，長得像蜥蜴的女士。她正拿著她從二手拍賣會上買來的滑板車，一臉老不高興。

「我就知道沒有這種好事。」蜥蜴女士用低啞的嗓音說，細細的眉毛以「我就知道沒這種好事」的方式弓起，「從我聽到跟你有關，貝瑟妮，我就知道這場拍賣會除了帶來麻煩，不會有別的。我不知道我為什麼讓艾杜瓦多說服我——我還記得你餵瀉藥給大象們吃的那天。」

「你在說什麼啊？」貝瑟妮問。

「我們後來剷大象的便便，連續剷了好幾天，那就是我的重點。」

「我是說滑板車，那才不是惡作劇。黑猩猩騎得不開心嗎？」

「你明明知道牠們不會喜歡。我不知道你動了什麼手腳，可是這滑板車一直把牠們甩下來。那些可憐的東西。」

「一定有什麼誤會。貝瑟妮沒對那臺滑板車做任何事情，」克蘿黛特說，「有沒有可能是，黑猩猩自己不大會騎滑板車的關係？」

「你好大膽子，竟敢把錯怪在黑猩猩頭上！」蜥蜴女士啞著嗓子說，「貝瑟妮一定是為了惡作劇，才安排這場拍賣會。要不然怎麼解釋那一切？」

貝瑟妮和克蘿黛特不得不走到屋前草坪，去看看「那一切」是怎麼回事。他們發現怪獸二手拍賣會的好幾樣東西都被退回來了。有不少東西上頭還附了紙條，指控貝瑟妮狠狠擺了他們一道。

自我裝飾的耶誕樹被退回來了，因為它一被放進牛奶工的家，就開始重新裝飾他整間房子，卻沒有一點審美觀或鑑賞力可言。電視全部被退回來，因為它們全天候播放拖拉機的電視臺，不肯轉到其他頻道。而圖書館員把太空裝帶回來，因為它一直對著訪客露屁屁。

「我不懂發生了什麼事。」克蘿黛特說。

「發生了『貝瑟妮』，」蜥蜴女士說，「大家離她遠越好。」說完，就離開了這棟十五層樓的房子。

貝瑟妮默默不語，跟著克蘿黛特一起把東西搬回屋裡。他們一回到室內──還有等艾比尼瑟從餐桌底下走出來──克蘿黛特解釋發生了什麼事。

「原來那些東西會作怪，你可以先警告我們一聲的，艾比尼瑟，」克蘿黛特說，「結果現在大家都怪在貝瑟妮的頭上。真是慘不忍睹！」

「我沒什麼好事先警告的，畢竟怪獸嘔出這些東西來送我的時候，都很不錯也很實用，」艾比尼瑟說，「艾杜瓦多說過，他買的東西也發生了類似的怪事……彷彿這些禮物因為被送走而憤怒。可是不可能有這種事吧？」

貝瑟妮壓根不在乎，那些怪獸東西為什麼會有這麼奇怪的表現。「大家都認為是我的錯，不管我做什麼，他們還是把我當壞人。」她小聲的說。

「不要氣餒，小親親。要人改變看法是急不得的。」克蘿黛特說。

「唔，我們要讓他們加快速度，」貝瑟妮說，「來吧，我們要去當志工。馬上去，這樣就可以讓那些蠢蛋看到，他們對我的想法大錯特錯。」

她抓起背包走向門口。克蘿黛特飛著追了過去，但艾比尼瑟依然留在後頭。

「你也是，欠揍臉，」貝瑟妮說，「你可以從老人之家開始。反正你喜歡看別人的皺紋。」

「可是我早餐幾乎都還沒動吔。我能不能下次再當那個自什麼的？」艾比尼瑟問。

貝瑟妮正準備告訴他們都沒有，因為她決心要讓他變成好人，不管他喜不喜歡——不過克蘿黛特先開口了。

「隨艾比尼瑟啦。沒時間背心他了，」克蘿黛特說，左眼抽搐似的眨了眨，「我是說，**擔心**他。況且，我們分頭進行，也許可以完成更多工作。」

貝瑟妮還是不高興，但她信任克蘿黛特，所以沒大聲反對。他們走出家門，留艾比尼瑟獨自享用早餐。

他的思緒回到了怪獸的那件禮物，他很確定自己沒在拍賣會上看到。然後，他想到克蘿黛特一面眨著眼說的話。

「背心！」他自言自語，「當然了！」

他奔上十三樓專門放背心的側廳，直接走向豹紋區。在擠滿整個橫架的耀眼花色下方，藏有一盒東西，貝瑟妮和克蘿黛特漏掉了。

盒子裡的其中一樣東西就是怪獸那件禮物，一本魔法回憶書，可以讓你看到自己在世上最想念的人，這本書會將回憶轉化為肖像照。

艾比尼瑟上次就用這本書來思念他的貓咪，提波斯大人。從那以來，他人生中再也沒有想念過誰。

他用雙手捧住那本書，吹開上頭累積幾世紀的塵埃。他翻開書之前猶豫了一下，因為生怕自己將會在裡頭發現某個東西。

09 不受歡迎的志工

克蘿黛特和貝瑟妮從鳥店開始他們的志工任務。就像那天早上街坊裡的其他人，鳥店老闆正哼著〈颶風野餐〉的旋律。

「早安！」貝瑟妮用宏亮的聲音說，「有什麼要幫忙的嗎？」

「那個問題應該由我來問才對吧？」鳥店老闆說。

「如果是平常日子也許沒錯，可是今天不是普通日子，我是來當志工的，」貝瑟妮說，「要我幫忙餵葡萄給凶猛出奇的老鷹嗎？如果你想要，我

甚至可以替那隻臭臭的爵雉洗個澡。」

鳥店老闆是個有話直說、思考清晰的生意人，他花了點時間才弄懂志工的概念。那天早上他才花了大把時間解決鴿子凱斯和夏威夷旋蜜雀之間的激烈爭論，但這點對於釐清他目前的困惑也沒有幫助。

「我不懂，」他說，「你的意思是，你想在這裡工作，可是不想拿錢？」

鳥店老闆不敢相信自己的好運，幾乎要欣喜得跳起來。可是接著又因為沮喪，差點做了幾個側手翻。

「我運氣就是這麼背。我得到了職業生涯的第一個志工，結果卻是個整人大王。」他煩躁的說。

「我已經放棄惡作劇了，」貝瑟妮說，「分點事情給我做吧，你不會後悔的。」

「我不會後悔，因為我不打算做這種事，」鳥店老闆說，「而且我沒有理由說謊。從你賣給我的那些東西看來，就知道你還是個愛捉弄人的討厭鬼。」

「喔，天啊，你的東西該不會也出狀況了吧。發生什麼事了？」克蘿黛特問。

「會讀心的吸塵器是個危險東西，我不得不把它鎖起來，因為我逮到它想把巨嘴鳥吸走，」鳥店老闆說，「同時，在我想讓日行性鳥類好好睡一覺的時候，角落裡那架該死的鋼琴竟然自己彈了起來，彈得又大聲又可怕。想也知道是貝瑟妮搞的鬼。」

「可是我什麼都沒做。」貝瑟妮傷心的說。

「我不相信你，即使我相信，我也不會冒這個險。我的生意太重要了。」鳥店老闆說，「你呢，克蘿黛特？精神好點了嗎？」

「還好。」牠說得很急。

「確定嗎？你的顏色看起來不大對。我們再做點檢驗吧。」鳥店老闆說。

「什麼檢驗？」貝瑟妮問。

「喔，我昨天晚上彩排前來過這裡一趟。只是想確定，連續幾個晚上睡不著，不是什麼需要擔心的事，」克蘿黛特說，語速依然很快，「無所謂。結果顯示我是隻健康得不得了的鸚鵡，對吧？我不用再做檢驗了。」

「隨便你，」鳥店老闆氣惱的說，「好了，如果你們不介意，我們當中可是有人要經營生意……」

貝瑟妮和克蘿黛特離開了鳥店。他們飛到柯薩克劇場，表示貝瑟妮自願提供服務。

「劇場不是小孩該來的地方！」柯薩克先生說。

「尤其像你這樣的小孩！我們還記得你在每個座位上都擠了強力黏膠的那天！」柯薩克太太補充。

他們飛到動物園時，得到的回應也差不多。貝瑟妮提議要幫忙劏大象便便一星期，作為那次瀉藥惡作劇的補償，可是蜥蜴女士怎麼樣都不肯答應。

「我寧可在獅子圍欄裡睡一個晚上。」她啞著嗓子說，「我絕對不可能讓你接觸到那麼多排泄物。你可能會拿來做可怕的事情，我知道整人大王的心理怎麼運作！」

「等等，我是真心想試著——」貝瑟妮才開口。

「到別的地方去試吧，ㄚ頭！」蜥蜴女士說。她發了張終身禁止入園通知給貝瑟妮，然後關起了窗板。

貝瑟妮轉向克蘿黛特低語哀嘆：「如果大家都不肯讓我幫他們，我要怎麼做好事？」

「我真不敢相信大家會這麼不友善，」克蘿黛特說，這一切的不愉快讓牠的左眼再次抽搐，「不過別擔心，小親親，我確定一定會有機會的。我們接下來要去哪裡？我看到你在二手拍賣會跟一個裝了金牙的男士說話，要不要去找他？」

「不了，賈瑞德．克托弗雷奇是最不可能的人選。我只能想到一個地方。」貝瑟妮說。

那個地方就是孤兒院。貝瑟妮提議要幫忙，再一次，院方毫不掩飾的表現出意興闌珊的樣子。

「你是認真的嗎？」提摩西小聲的說。他們坐在辦公室裡，貝瑟妮和克蘿黛特可以聽到孩子們在外頭號哭和尖叫。

「對啊，」貝瑟妮小聲回應，「我這輩子大多時間都在這裡度過，所以你不用帶我認識環境。一定有很多事情我幫得上忙。」

「這個地方最不需要的，就是多一個小孩！尤其是你這樣的闖禍精，」提摩西說，「有那樣的父母，難怪你會這麼難纏。我可是讀過你的檔案，知道吧。」

「我的檔案？」貝瑟妮低聲叫道。她在後側口袋摸索，拿出那張八字鬍男士和沒八字鬍女士的合照。「馬上把我爸媽的事情全部告訴我，不然我就讓你見識到真正的麻煩。」

提摩西對著那張照片皺眉。

「喔，那是你父母啊？看起來滿迷人的啊。那我看到的肯定是別人的檔案，」提摩西小聲說，「我讀了一大堆檔案。你知道這裡有多少個小孩嗎？」

「那就讓貝瑟妮幫你忙吧！我以我的羽毛打賭，你不會後悔的。」

「絕對不要。像你這種覺得把彈弓給葛洛麗亞．柯薩克沒問題的整人大王，我看不出讓你進來對這裡會有什麼好處。」提摩西低語。他就是不肯聽貝瑟妮解釋，彈弓其實是被偷走的。「葛洛麗亞一直在恐嚇孩子們。每次打一個孩子，都說是『方法派演技』。感謝老天她還沒找到我。」

「我只是想做點好事。拜託嘛。」貝瑟妮急切的低聲回應。

「不行！」提摩西大喊，然後連忙掩住嘴巴，緊張的望向門口。

貝瑟妮和克蘿黛特離開時，提摩西恐懼得抖個不停。

事到如今，這整個志工任務讓貝瑟妮覺得悲慘極了。

他們正要離開孤兒院的時候，發現葛洛麗亞正聳立在傑佛瑞面前，彈弓上裝了一顆軟爛的蘋果。

「喂！」貝瑟妮說，「離我朋友遠一點！」

葛洛麗亞轉身面對貝瑟妮。她依然穿著踢踏舞鞋，但已經把亮片外套和高禮帽換成了長禮服和皇冠頭飾。

「我在彩排，你難道看不出來嗎？經過昨天晚上的勝利之後，我也要搶星期五的秀，」葛洛麗亞說，「我的新歌叫做〈彈弓家柯薩克〉，我正努力

要進入角色。」

克蘿黛特張開嘴喙要抗議。葛洛麗亞伸手過去，用力關上鳥嘴。

「噓，噓，什麼都不需要說。我知道你一定無比感激，」她說，「至於我的報酬，我只要拿你準備捐給孤兒院的一半利潤就好。」

她轉過身來，將軟爛蘋果瞄準傑佛瑞。

「你幹麼不去射提摩西？他躲在自己的辦公室裡。」貝瑟妮說。

「好主意，」葛洛麗亞說，「下一個就找他。」

葛洛麗亞把蘋果射向傑佛瑞的臉，然後吧嗒吧嗒的踩著鞋子走向院內建築。貝瑟妮將傑佛瑞扶起身，用她的針織衫袖子幫忙抹掉蘋果渣。他們面面相覷，沒有漫畫可以當成話題，彼此都不知道該說什麼。

「我要去躲在洗衣機裡。」傑佛瑞說。

「試試冰箱後面的空間，她永遠不會到那裡找你。」貝瑟妮說。

傑佛瑞聽從她的建議，貝瑟妮和克蘿黛特繼續走出孤兒院。貝瑟妮不知道自己還剩多少耐性。

「回家的路上順便到麻朵小姐的店吧。經過這一整天，你值得享用一些糖果。」克蘿黛特說。

「我不知道糖果有沒有用。如果連孤兒院都不願意接受我，那我到底要怎麼成為更好的人？」貝瑟妮說，「感覺全世界沒人信任我。」

貝瑟妮望了過去，期待克蘿黛特會說一兩句同情的話，可是那隻鸚鵡似乎有了古怪的轉變。之前克蘿黛特目睹惡意的時候，看起來都像是自己受了傷似的，可是現在牠的嘴喙上卻有一抹奇怪的冷笑——彷彿部分的牠對目前發生的事情感到滿意。

牠抽搐的那隻眼睛閃爍不定，從光耀的藍，轉成了黝亮的黑。

10 出乎意料的一點善舉

貝瑟妮和克蘿黛特在鄰里間四處飛行的時候，艾比尼瑟正在看自己的照片。說得明確點，他正在看自己跟怪獸的合照。

第一張是艾比尼瑟和怪獸在冰霜市集的合照，那年的冬季特別酷寒，市集就辦在城鎮附近的冰凍湖泊上。艾比尼瑟當時才三十出頭，怪獸小到可以裝在一只籃子裡搬運，籃子上頭有三個仔細鑿出的眼洞。

背景裡，在一個溜冰刀的小丑後方，艾比尼瑟可以看到尼可拉斯·尼克

二世的臉。他是個可怕的孩子，繼承了過世父親的偏好，喜歡製作各式各樣的尖頭樹枝。

下一張肖像照是艾比尼瑟和怪獸拿著尿壺，往戴了假髮、沾沾自喜的尼可拉斯·尼克八世的腦袋上倒。再下一張則是大約在尼可拉斯·尼克十三世的時代，怪獸當時猶豫不決的答應跟艾比尼瑟一起跳華爾滋，省下彼此參加鄰里舞會的麻煩。

那些照片裡還有怪獸幾世紀以來嘔出來的物品。當中有不少都在拍賣會售出了，但是有些東西，像是火箭雨鞋和油腔滑調的鍋鏟，一定還潛伏在這棟房子眾多的隱藏空間裡。

這本書真的令人不忍釋卷，經得起一讀再讀，因為艾比尼瑟只要從頭翻起，回憶每次都會有所變化。他如此沉浸於自己的過去，不曾停下來思考這當中的含義。

可是，就在他準備看第四次的時候，他意識到這本回憶書真正展示給他的東西。它暗示著，艾比尼瑟在世上最想念的對象是……怪獸。

「喔，不，」艾比尼瑟說，然後為了表明自己的立場，他又補了句，「喔，不、不、不！」

他不敢相信竟有這個可能。認為自己的人生因為有個魔法生物伴隨在側而稍微順遂點，這是一回事，可是實際上去想念那個流著口水、生性凶殘的可怕怪物，又是另一回事。

艾比尼瑟心知自己不應該再看下去，遲疑不決的合上這本書。他把書拿到樓下，藏在其中一間客廳的沙發下面，因為他還沒準備好要把它放回豹紋背心的領地。

他想讓自己分心，於是打算到屋外處理留在草坪上的怪獸物品。他打開門的時候，發現一個老態龍鍾的男人正瞇眼瞅著那些東西。

「有什麼要幫忙的嗎？」艾比尼瑟問，但語氣真正的意思是：「離開我的草坪，你這個怪老頭！」他又說了一次，更大聲，因為他看到男人的助聽器沒開。

「嗯？」老人說。他用兩根柺杖支撐自己。「喔，哈囉。你方便幫個忙嗎？」

「我剛剛就是這麼問的啊。」艾比尼瑟暴躁的回話，那本回憶之書將他留在惱怒的情緒裡，「你來這裡做什麼？」

老人摸弄他的助聽器。「我來參加二手拍賣會，」他說，嗓音粗嘎刺耳，「朵莉思跟我說，這裡有些不錯的東西可以買。」

「朵莉思？誰是朵莉思啊？」艾比尼瑟說，「二手拍賣會是昨天的事。過了，沒了，結束了，全賣光了。」

老人對著草坪上的物品挑起一眉。

「這些你不會想要的，」艾比尼瑟說，「它們全都在搞破壞。」

老人臉色一沉，艾比尼瑟湧現一絲同情，接著突然靈機一動，因為他想起貝瑟妮提議他到老人之家當一點志什麼的東西，類似的機會似乎降臨了，就在他家門前階梯上。

「你要不要進屋裡來？你知道的，讓腿休息一下之類的？」艾比尼瑟問。

「我的腿才不需要休息！」老人不服輸的說，同時開始撐著枴杖，搖搖晃晃朝前門走去，「不過，如果能來杯茶會滿好的。」

艾比尼瑟回到屋裡。他啟動煮水壺，擺出第三好的茶具組，泡了壺完美的紫茶。他端著托盤走過去時，發現老先生連前門都還沒跨過。

「來，我幫你。」艾比尼瑟說。

「我不需要幫忙！」老先生說，「我是故意慢慢走的。」

老先生終於越過門檻。他舉起一根枴杖，彷彿要跟艾比尼瑟握手。

「敝姓庫林可。」老先生說。

「我叫艾比尼瑟・杜威色。」

「艾比尼瑟・褪色？」

「不，是杜威色。杜、威、色！」艾比尼瑟喊道。

「沒必要用吼的，」老先生說，「我一開始就聽得清清楚楚。」

老先生瞇眼環顧四周，再瞇眼瞅著艾比尼瑟。

「就一個有能力單獨住這種房子的人而言，你未免也太年輕了吧。」老先生說。

「其實我跟一個小孩和一隻鸚鵡住。我以前跟某個……別的**東西**住在這裡，可是那都結束了。」艾比尼瑟說。

「某個東西？是寵物嗎？」

「喔，寵物遠遠比不上。是我大半輩子唯一的同伴，而且……對，我可能不應該再多說什麼。」

「年輕人老愛胡言亂語，」老先生說，不以為然的往空中揮了揮枴杖，「你說的話，我幾乎一個字也聽不懂。」

「抱歉。那麼，我們來喝點茶吧？」艾比尼瑟說，「如果你想要的話，冰箱裡還有些三明治。不過，我強烈建議你別吃。」

「你不先帶我參觀一下嗎？你們年輕人真不懂禮貌。」老先生說。

「有十五層樓喔，而且沒有電梯。」艾比尼瑟意有所指的看著那兩根枴杖說。

「所以呢？」老先生一臉防備的說。

艾比尼瑟不忍心抗議，於是擱下茶具托盤，領著老先生上樓。整趟旅程漫長又令人哈欠連連，因為每一階這老男人都爬了好半天。

老先生看了每個房間，對「你們年輕人」偏好的裝飾品味說了各種刻

薄的評語。他甚至要求逛逛瀰漫著包心菜味的寒冷閣樓，從怪獸被吃掉以來，艾比尼瑟就沒進去那裡過。

「這裡甚至比其他房間都糟，我的品味比這個好多了！」老先生說。

奇怪的是，艾比尼瑟對怪獸的老房間升起保護心，準備開口替潮溼沉悶的裝飾風格辯解，不過接著他領悟到，最好聊點別的事。

「你住附近嗎？」他問，笑容緊繃。

「我目前住在養老院，」老先生

說，語氣彷彿承認某個極度可恥的祕密，「不是因為我必須在那裡，注意了！只是……呃，這樣對現在的我來說最方便。」

「住在那裡又沒有什麼錯，這很——」艾比尼瑟才開口。

「我又沒說有錯！」老先生氣惱的說，他從口袋抽出用過的面紙，開始擤血管浮凸的鼻子，「這是暫時的措施。朵莉思很快就會過來接我。」

「朵莉思是你太太嗎？」艾比尼瑟問。

「對，我可以說是跟朵莉思共結連理，」老先生說，「我本來希望能在你的二手拍賣會上買點小東西給朵莉思。我真蠢，竟然錯過時間。」

老先生因為沮喪而雙眼噙淚。

「別擔心，庫林可先生。我會找個東西送你，」艾比尼瑟說，怪的是，他竟然為這位古怪的老人感到難過，「比起草坪上那些垃圾好很多倍的東西。」

艾比尼瑟下樓去，在自己的物品裡尋找朵莉思可能會喜歡的東西。在一陣慷慨的衝動之下，他打算捐出他第五愛茶具組裡的茶壺。他正忙著把茶具擺出來時，門鈴響起。

一開門，艾比尼瑟發現一個神情苦惱的護士。她的名牌寫著「敏蒂」。

「抱歉打攪，先生，可是你有沒有看到一位上了年紀的紳士？身高大概這麼高，用庫林可先生叫他的話會回應？」她有點上氣不接下氣的問，「他是我們最新入住的院民，恐怕不大適應養老院的生活。」

「庫林可先生現在正要下樓，」艾比尼瑟說，「可能需要兩個鐘頭。」

老先生下樓的動作比上樓快很多，護士敏蒂看到他時，臉色一亮，如釋重負。艾比尼瑟把茶壺遞過去，得到滿臉皺紋的感激笑容。

「謝謝你，褪色，」老先生說，「你們年輕人啊……真好心，沒有你，我真不知道該怎麼辦。」

他往外搖搖擺擺走向護士敏蒂的車子，一路上敏蒂試著攙扶，都被他氣憤的拒絕了。艾比尼瑟留在門前臺階上，揮手向他們道別。

他湧現一股做了善事、溫暖模糊的感受，這是之前嘗試喝濃湯和洗衣服時所沒有的感覺。他覺得自己做了好事，值得獎勵。他打算再翻一下回憶之書，反正不會對任何人造成傷害。

他翻開那本書時，滿腦子都還是剛剛的善舉，但往下一瞥，卻看到怪獸對他齜牙咧嘴的影像——彷彿因為艾比尼瑟的善行而暴跳如雷。

11 飛走的鸚鵡

他們抵達糖果店的時候，克蘿黛特的左眼依然閃著黑光，但牠不再露出奇怪的冷笑，似乎恢復了正常的模樣。「你千萬不能讓那些拒絕影響到自己，這只是個小問題，我保證。」牠對貝瑟妮說。

糖果店幾乎沒什麼客人，卻鬧哄哄的——因為從音響傳出來的重金屬音樂震天價響。年輕藍髮的麻朵小姐正伏在工作臺上，試著把迷你巧克力棒擠進一顆草莓裡。她從自己的實驗工作抬起頭來，滿臉困惑。

「哇，我的果醬老天，你怎麼來了？我還打算把這些糖果當作星期五的驚喜呢。」麻朵小姐說，透過防護眼罩，對著克蘿黛特眨眨眼。

「糖果？什麼糖果？」克蘿黛特問。麻朵小姐帶著他們走進實驗室。

「欸，當然是為了你的秀啊！柯薩克夫婦認為主題式的糖果對票房可能會有幫助，因此今天早上委託我。」麻朵小姐說。她從桌上拿起一張沾滿麵粉的紙張，炫耀自己的作品。「所以嘍，你覺得如何？」

桌上堆了滿坑滿谷的糖果。有樹形棒棒糖，模仿克蘿黛特和派崔克長大的溫特羅島森林，還有貓王造型的夾心糖果，紀念派崔克跟這位巨星一起巡迴的時光。麻朵小姐甚至創造糖果用來呼應〈颶風野餐〉的活潑歡喜，她正要把幾大盆的冷凍棉花糖拗成颶風的形狀。

「這全部都好棒，可是也太過頭，」克蘿黛特說，緊張的搓著腳爪，「我真的希望秀的規模越小越好。」

麻朵小姐太專注於展現自己的商品，完全沒注意到克蘿黛特的話。她打開一罐紫色硬糖，上面裝飾了派崔克卡通化的臉，請貝瑟妮和克蘿黛特吃。

「我用了各式各樣的跳跳糖來包裹這款糖果，」她解釋，「大部分的跳跳糖是設計來給你的舌頭產生嘶嘶感，可是這款是要讓你的耳朵有嘶嘶感。等我成功，它應該能讓你像聽到一首動聽的歌曲。我想在秀結束後，把這種糖果發送給觀眾。如果他們以後想回顧這場演唱會，只要吸吸這些糖就行了。」

貝瑟妮和克蘿黛特試了這些硬糖，麻朵小姐說得沒錯，他們感覺耳朵有種愉快的搔癢，就像聽某人現場高歌體驗到的感受。

「謝謝你，麻朵小姐，」克蘿黛特說，「這遠遠超過我的預期，可是……唔，派崔克會很愛的。」

「你們怎麼會這時候過來這裡？」麻朵小姐對著貝瑟妮皺起藍色眉頭問，「等一下，我的乖乖草莓醬，你不就是那個把青蛙放進我檸檬甘草糖罐的小鬼嗎？」

貝瑟妮過去愛整人的紀錄又發揮了影響力。她輕輕拉一下克蘿黛特的翅膀，準備要離開糖果店。

「貝瑟妮現在好多了，」克蘿黛特說，拒絕離開，「她正在尋找機會證明自己。我們來買點振奮精神的糖果，因為整天下來，她一直被街坊鄰里拒絕。」

「想做點好事，是嗎？你有什麼想法，貝瑟妮？」

「**什麼都好**，」貝瑟妮說，整天被人拒絕所累積起來的情緒，讓她的聲音發抖，「我只想試著做點好事，可是沒人信任我。」

「唔，你在店裡到處藏青蛙，會有這種結果我並不意外。如果衛生稽查員決定在那天上門來，我這家店早就完蛋了。」麻朵小姐說。她試著裝出嚴厲的表情，可是很快就笑了出來。「不過，我不得不承認，我覺得滿有意思的。真該讓你看看，有隻青蛙吃了甜的，亢奮得不得了，在店裡到處蹦蹦跳，簡直就要從天花板彈回來了。」

貝瑟妮露出虛弱的笑容。麻朵小姐盯著她上下打量，彷彿她是個可以用來做糖果的新食材。「如果你真心想幫忙，並且能戒掉青蛙惡作劇，那麼我可能有事情可以給你做。每個人都值得再一次機會……」她說。

糖果店老闆把他們帶回店頭的楞杖糖時鐘下方，那裡有一堆手工包裝的食物籃，分成了幾組，上頭標示著：

養老院

兒童醫院

以及

孤兒院

「這是我的新計畫——我要替最需要的人舉辦小小野餐，」麻朵小姐說，「你願意幫個忙嗎，貝瑟妮？」

貝瑟妮臉龐振奮的亮起。在折騰了漫長的一天過後，她不敢相信終於有人願意信任她了。

「也許，為了報答你的幫忙，我可以教你怎麼做糖果？」麻朵小姐說。

糖果店老闆看到貝瑟妮的興奮表情，漾起了笑容。她抓起木梯，搬到收銀機上方的書架那裡，然後爬到梯頂拿一本書，標題是《給笨蛋的量子力學》。

「好了，想當稱職的糖果製作師，必須懂得各式各樣的事。今晚讀這個的第一章，明天回來值晚班。」麻朵小姐說，「到時你可以幫忙我送第一批包裹。去吧，你可以離開了。出去的路上請拿一包本店贈送的酷炫豆糖。」

貝瑟妮離開那家店，生平第一次開心到差點蹦蹦跳。她抱緊那本《給笨蛋的量子力學》，彷彿是她最心愛的泰迪熊。

「這就對了！這正是我需要的機會！」她說。

「恭喜！我就知道，我們最後還是會找到心地夠好、願意信任你的人。」克蘿黛特說。

「不只這樣，」貝瑟妮說，「等街坊的其他人看到我分送那些包裹，就會明白自己錯了，他們也會開始信任我。一定會。」

「喲呼！我好為你開心！」克蘿黛特說，牠的黑眼開始閃回藍色，「我們應該慶祝一下，用——哇，嘿，喂，別這樣！」

克蘿黛特對自己的翅膀說話，翅膀竟然沒經過牠同意，兀自拍了起來，漸漸離開地面。牠一臉恐懼的看著自己的翅膀，試著用爪子扣住地面。

「克蘿黛特？**克蘿黛特？**」貝瑟妮大喊。那隻鸚鵡在雲端消失蹤跡。

12 破掉的窗戶

艾比尼瑟用力合上那本書。再次翻開的時候，怪獸的怒容換成了另一張「歡樂」的影像，是艾比尼瑟和怪獸在閣樓裡接待有教養的祕魯熊。在回憶中，艾比尼瑟和熊針對冬季鞋子進行激辯，怪獸則嘔出一大堆派對遊戲，好讓派對繼續下去。

艾比尼瑟三番兩次合上又打開那本書，但那個怒容再也沒回到書上，只有艾比尼瑟和怪獸共度所謂的「歡樂」時光。他開始納悶，剛剛到底有沒有

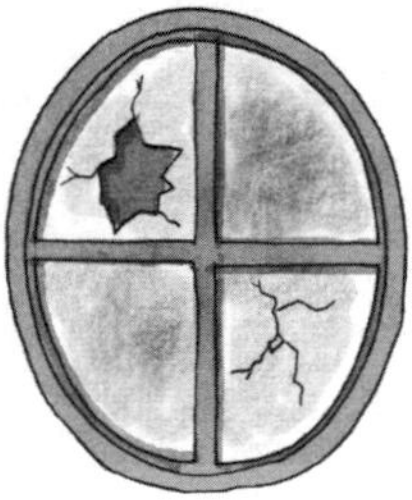

那張怒容的影像。

艾比尼瑟更仔細的看那些肖像照，注意到所有的回憶都不完整。比方說，那些肖像照沒有顯現，怪獸嫉妒艾比尼瑟跟別人閒聊，於是對冰霜市集噴射火球。而且那些影像絕對沒有顯現，玩完最後一次扭扭樂之後，那頭可憐的熊有什麼遭遇。

這跟原本的回憶之書大相逕庭。以前，這本書讓艾比尼瑟看他在世上最想念的人時，呈現的回憶永遠是負面的。

艾比尼瑟過去用來察看尼可拉斯・尼克（一世）時，看到的總是尼克家孩子霸凌他的那些時刻；用來看過世的提波斯大人時，這本書會讓他看到貓咪抓壞沙發，或是把半死小鳥帶進屋裡。

當時，怪獸之所以嘔出這本書，似乎只是為了讓艾比尼瑟看到，人生中沒有其他人會更好過。可是現在他不確定了，因為這本書把怪獸改寫成迷人慷慨、討人喜愛的生物。

「剩下的那些回憶呢？」艾比尼瑟問，「**真正的**那些。」

作為回應，這本書讓他看了另一個愉快的回憶，裡面有裝著鐵鉤手的鴿子、跳踢踏舞的長頸鹿，還有溫斯頓．邱吉爾出奇靈巧的雕像。

艾比尼瑟把那本書丟到房間對面，結果那本書又飛回來，砸在他的腦袋上。

「哎喲！」艾比尼瑟說。

那本書彈向地板。艾比尼瑟發誓自己又看到了怪獸怒容滿面的影像，可是當他定睛再看，只是另一個跟怪獸有關的「歡樂」記憶。艾比尼瑟追上那本書，翻閱起來。

他在翻書的時候，前門開了。他驚叫一聲，趕緊把書丟到椅子底下。

他整整衣裝，站了起來，盡可能擺出正常的模樣。貝瑟妮衝了進來，腋下夾著《給笨蛋的量子力學》。她先東張西望，再把視線放在艾比尼瑟上。

「克蘿黛特？」她說。

「是艾比尼瑟，其實，」他冷靜的回答，強烈希望那本回憶之書不會從沙發底下探出來，「沒有哪種鸚鵡會圍我這種大領巾。」

「別耍笨了，我們必須找到牠的下落。牠突然從我身邊飛走，我到處都找不到牠。找了老半天都沒有。」貝瑟妮說。

「也許你應該接受那個暗示。聽起來牠想要一點獨處時間。」艾比尼瑟說。

貝瑟妮走過去，反覆踢著艾比尼瑟的小腿脛，直到傳來一聲尖叫跟砸破玻璃的巨大響聲才中斷。聲音來自前廳，他們連忙衝去察看怎麼回事，發現克蘿黛特面朝下，倒在一地的窗玻璃碎片中，身邊有個小小塑膠袋。

「克蘿黛特！」貝瑟妮衝了過去喊道。

克蘿黛特翻過身來，眨著眼睛，意識時有時無，就像要從一場夢境醒來的人。

「貝瑟妮？我……我……我在哪裡？」鸚鵡坐起身，環顧四周。牠開口的時候，聽起來就像某人努力回想別人購物清單寫了什麼，「我是飛過來的，是嗎？對。沒錯，我現在想起來了……我把你留在麻朵小姐的店那裡……然後我在街道間飛來飛去。我想去柯薩克劇場檢查什麼……然後我飛到湖邊，因為我想看看青蛙……可

是，我為什麼想看青蛙？」

「你腦震盪了，」艾比尼瑟說，他回頭確定那本回憶之書沒尾隨他們進到房裡，「在你腦袋恢復清晰以前，先放輕鬆吧。」

「可是我的腦袋已經很久沒這麼清楚了，」克蘿黛特搖搖頭說，彷彿要將腦海裡的塵埃甩掉，「我剛剛跟你說的事情——現在想來，感覺好像快速翻閱別人的人生。我幾乎無法理解，我為什麼要去那些地方。老實說，我這輩子從來沒對青蛙產生興趣過。這樣說得通嗎？」

「不大說得通，也許是因為腦震盪。」艾比尼瑟說。

「吃個三明治會讓你好過一點嗎？」貝瑟妮問。

「我懷疑。」艾比尼瑟說。當他看到貝瑟妮一臉受傷，馬上糾正自己，「我是說，牠受到嚴重的衝擊，現在最不想要的就是吃東西。」

「不。其實，我正好需要來個三明治。我在想，我可不可以自己選餡料？」克蘿黛特問。牠用爪子打開身旁的塑膠袋，裡面裝滿不停蠕動的蟲子。「我現在想起來了，我用星期五的入場券跟鳥店老闆換了這個回來。」

「你要我幫你做個蟲蟲三明治？」貝瑟妮問。她從沒用過活的餡料做三明治，現在也不怎麼想開始。

「我知道這個要求很奇怪。我感覺自己升起這個渴望時，也非常訝異，」克蘿黛特說，「如果你覺得不自在，就不要勉強。」

貝瑟妮不想顯得無禮，尤其克蘿黛特目前處於這樣的狀況，於是努力做了三明治。她不習慣處理會蠕動著溜走的餡料，過程頗具挑戰性。

她把蟲蟲三明治端給克蘿黛特，然後準備一輪壓扁瑪芬美乃滋三明治給自己和艾比尼瑟，並且特別小心不要弄混盤子。克蘿黛特一口吞下牠那個三明治。

「吃起來還好嗎？」貝瑟妮問。

「滿適口的。我覺得自己漸漸愛上了生肉的滋味。」克蘿黛特說，用一邊翅膀抹抹嘴喙，牠現在看來精神好多了。「這倒提醒我一件重要的事情。我到處飛的時候，想了想你跟街坊之間的信任問題。我有個點子，預計會用上一堆三明治。」

貝瑟妮湊過去，想聽得更仔細。

「我們必須給你一個嶄新的公眾形象。我們希望街坊鄰居看見的不是整人大王貝瑟妮，而是慈善熱心的貝瑟妮，」克蘿黛特說，「有什麼比得上一場道歉派對？」

「『道歉派對』到底是什麼？」艾比尼瑟問。在他長達五百一十二年的人生裡，從沒聽過這種東西。

「就是字面上的意思，至少我這麼認為。邀請被你惡整過，或以某種方式遭受傷害的人過來，然後請他們吃堆積如山的食物，你開口道歉，讓他們看看你的為人改變了多少。」克蘿黛特說。

「好吔！」貝瑟妮說。

「對啊，這點子不錯吧？」克蘿黛特說。牠驚恐的看著貝瑟妮和艾比尼瑟，彷彿因為自己的構想太過高明而害怕。「有趣的是，我不記得這是我自己想出來的。事實上，我不記得以前聽過道歉派對。就像我想到要推出派崔克盛會一樣——我就是不知道這些點子打哪來的。」

「不少好點子往往都來得很意外，我有些大領巾和襯衫的最佳組合，也常常來得出乎意料。」艾比尼瑟說。

「我們明天來舉辦那個派對吧！我馬上來弄邀請函！」貝瑟妮說。

貝瑟妮到位於七樓的文具套房去，把她所需要的一切都帶下來。她選定了藍色亮粉卡片，認為最適合用在道歉派對上。

「那些假八字鬍在哪裡？就是我們最近一次桶子清單日用的那些？」她

問艾比尼瑟，「我想讓這些邀請函有點個性。」

「在我房間。」艾比尼瑟說，他之前想拿它們來試試，能不能把長褲改造得更有趣，「我現在去拿。」

艾比尼瑟上樓到自己的房間去，但還來不及找那些八字鬍，就驟然停下腳步。回憶之書就在他床上，正得意洋洋的閃閃發光。

13 軟爛的香腸

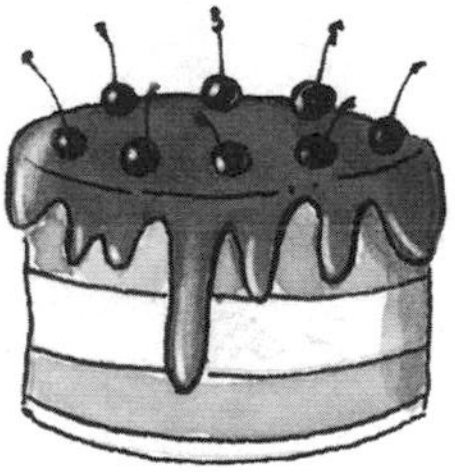

艾比尼瑟昨晚沒睡好覺，因為睡眠頻頻被打斷。不管他把那本回憶之書收在哪裡，無論是塞在埃及木乃伊套房的墓碑底下，或是鎖進異國茶葉儲藏室，它總是會想辦法回到臥房。

那本書沒做出任何傷害艾比尼瑟的事情，但也沒做任何可以讓他放心的事情。它堅持提醒他怪獸的事——展示他倆共度的時光，內容都是編輯過的精華，提醒他過去幾世紀以來被嘔出來的種種禮物。那本書越是嘗試改寫過去，艾比尼瑟越是重溫他真實人生中與怪獸共生的恐怖情節。

最後，艾比尼瑟再也受不了。他到樓下去，卻發現凌晨時分還沒入睡的不只是他。

貝瑟妮正忙著籌備道歉派對，她已經進入準備三明治的環節。看來屋子裡的每種食材都被擺了出來：一罐罐的醃蕪菁，不祥的潛伏在過熟酪梨旁邊；還有一鍋正在調製的醬料，氣味刺鼻，內容物有李子醬、美乃滋、番茄醬、糖蜜、棕醬和蜂蜜。到今天尾聲，她會推出什麼樣令人退避三舍的三明治成品，艾比尼瑟想到就害怕。

「進行得怎樣？」他問。

「很棒啊。我要做十四種不同類型的三明治，所有的氣泡飲料都在冰箱裡，用來布置餐桌的東西也都有了，」貝瑟妮說，「等到這場派對結束，每個人都會願意讓我們行超級多善，一定會多到荒唐。」

「我們？」艾比尼瑟問，在內心暗暗叫苦。

「對啊，別以為我會讓你逃過。我知道你昨天根本沒去養老院——你的車一直在同一個地方。」貝瑟妮說。

「其實呢，養老院自己上門來找我了。」艾比尼瑟說，對自己滿意得很。當他看到貝瑟妮拉長了臉，困惑不解的樣子，自我滿意的程度大大降低。「我是說……有個上了年紀的先生上門來。他叫庫林可先生，是個身體虛弱，但個性強悍的傢伙。我邀請他進門來，任他盡情批評了一下房子，後來送了他一只茶壺——那類的事情。」

貝瑟妮停下攪拌那鍋恐怖東西的動作，抬頭望向艾比尼瑟，臉上掛著古怪的神情。

「你真的做了點好事？你聽我的話了？」她問。

艾比尼瑟領悟到，她臉上掛的是引以為榮的表情。他不知道該怎麼回應，因為以前從來沒人為他感到驕傲。

「唔……嗯，你知道的，」他說，尷尬的挪挪腳步，「想說就試一試。」

貝瑟妮繼續攪拌。那抹引以為榮的神情，很快就變回平日的臭臉。

「這是好的開始，不過，現在你必須把它拉向另一個層次。你今天必須到養老院去，陪陪那裡的其他老人家。」她說。

艾比尼瑟的臉垮了下來。他還以為送老人家一個茶壺，就達到了一整年分的行善額度。

「等等，這該不會是他的吧？」貝瑟妮問。她在口袋裡摸摸找找，拿出一枚沾滿耳屎的助聽器。「我在樓梯上找到的。」

「喔，對，的確是庫林可的。」艾比尼瑟說，從她那裡接過來。

「介意把那個耳屎給我嗎？聞起來有點像起司，我想可以用在莫札瑞拉起司加杏仁膏的配方裡。」貝瑟妮說著把耳屎撈起來，揉進附近的幾片麵包，艾比尼瑟根本來不及阻止她，「這可以增添風味，客人一定會喜歡。我等不及要看他們的表情。」

「確實，我想到時他們會露出各種有趣的表情。」艾比尼瑟說，「對了，誰會過來享受這些非常特別的三明治？」

「糟糕，問得好。」貝瑟妮說。

雖然這些邀請函幾乎花了貝瑟妮整晚的時間，但都還沒送出去，而她打算在中午過後舉辦派對，這樣傍晚就還會有足夠精力，到麻朵小姐的店裡值第一次的班。

「我可以用飛的幫你發送那些邀請函，反正我再不久就要出門，替我的秀張貼海報。」克蘿黛特說。

貝瑟妮或艾比尼瑟都沒聽到牠走進來。牠的模樣比前一天憔悴，而且左眼又變黑了。儘管如此，牠還是散發著自信。牠的嘴喙上有一抹自鳴得意的笑容，牠飛進房間的姿態彷彿自己是大人物。

牠的腳爪抓了個袋子，裡頭裝滿了幾十張捲起的紫色海報，牠拿出一張來炫耀。

「昨天晚上我決定了，我還是不想做小型的秀。何必藏起我的才華，不讓世界知道？」牠說。

海報上是一張很討喜的自畫像，呈現克蘿黛特在舞臺上對著一群崇拜的粉絲高歌。海報保證明天的派崔克盛會不只會「震撼人心」、「令人神魂顛倒」，更是「劇場的壯舉」。不過，上面也提到沒買票的人都是「沒資格活下去的大白痴」。

「你們覺得如何，小親親們？」牠問。

「語氣有點凶。」貝瑟妮說。

「是啊。我忍不住納悶，這樣是不是太直接了點。」艾比尼瑟說。

「你們兩個顯然不是藝術家。」克蘿黛特用嘴喙發出鄙夷的聲音說，「好了，幸運星們，你們想來點可口的早餐嗎？」

將自己的早餐形容成可口，實在很不符合克蘿黛特的作風，因為牠是一隻謙卑的鸚鵡。可是那張海報就夠讓貝瑟妮和艾比尼瑟困惑了，所以他們並未繼續追問。貝瑟妮點了一片巧克力蛋糕，艾比尼瑟則選了全套的英式早餐。遺憾的是，這頓飯完全不符期待。

「巧克力蛋糕走味了，這是故意的嗎？」貝瑟妮問。

「香腸為什麼軟軟爛爛的？」艾比尼瑟問。

「也許下一次你們可以自己準備早餐！」克蘿黛特怒斥。

貝瑟妮和艾比尼瑟知道自己有點失禮，於是喃喃說了抱

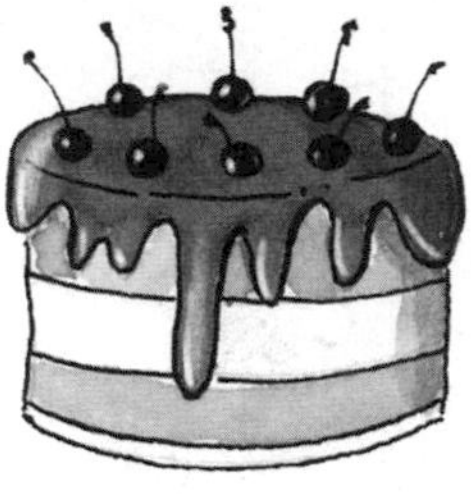

歉，回頭面對噁心的食物。一會兒之後，他們將餐盤推開，肚子同時發出難受的飢餓呻吟。

「很多人可是願意為了我美妙的早餐，付一大筆錢。」克蘿黛特說著搖搖頭，看來像是緊張的抽搐，但牠怒斥的語氣來得快也去得快，「抱歉，我想我只是有點累了。好了，我最好開始處理海報跟邀請函的事。要送去哪邊？」

「這些要送孤兒院，這份要給鳥店老闆，這份要給柯薩克夫婦，這些要給動物園，」貝瑟妮說，「要我一起去幫忙嗎？」

「不必！」克蘿黛特說。牠舉起一邊翅膀到嘴喙那裡，彷彿因為自己的語氣太強烈而驚訝。「抱歉，我的意思是，不用，謝謝你。我自己來沒問題，你跟艾比尼瑟要忙著籌備派對，這點更重要。」

「其實我準備上養老院，」艾比尼瑟說，然後帶著一絲遺憾補充，「行善的事。」

克蘿黛特聽到這番話，臉上掠過一抹奇怪的生氣神情，黑眼開始閃動。牠收攏邀請函之後，從門口飛了出去。

「你想牠怎麼了？」等牠離開以後，艾比尼瑟問。

「可能只是因為累了情緒差，就像牠說的那樣，」貝瑟妮說，「好了，更重要的是，你想我應該怎麼安排座位？我希望傑佛瑞坐我旁邊，可是也許我應該坐其他人隔壁——某個我還沒致上歉意的人？」

艾比尼瑟的朋友從來沒有多到可以辦派對，更不要說事先安排座位。他給貝瑟妮的建議是一些喔喔、啊啊和語焉不詳的嘟噥。

「你最好快點回答，欠揍臉。」貝瑟妮說。

「找別人坐你旁邊吧。理想上，是你欺負得最嚴重的那個人。你都跟傑佛瑞和好了，我不懂何必找他過來。」艾比尼瑟說。

貝瑟妮露出怒容，不理會他的建議，逕自把傑佛瑞排在自己隔壁。

「我出門以前，還有什麼要幫忙的嗎？」艾比尼瑟說。

「沒。滾開，我自己來。」貝瑟妮說，「我看過你怎麼在麵包上塗奶油。你對麵包皮太慈悲了。」

艾比尼瑟抓起他最毛茸茸的外套，踏出了前門。走往車子的路上，他看到艾杜瓦多．柏納克往這棟十五層樓的房子走來，步行的方式相當怪異。

這個鼻孔顯眼的男孩正穿著那件黃金鈕釦襯衫。走路姿態非常奇怪：兩條手臂往外伸展，雙腳沿地面拖行，彷彿被隱形的線拉向艾比尼瑟的房子。

「救命啊，杜威色先生！拜託，幫我脫掉它！」艾杜瓦多大喊。

艾比尼瑟正要跟艾杜瓦多說，他不想被什麼幼稚的遊戲中斷一天的計畫，但他注意到，拉著艾杜瓦多沿街行走的，似乎是黃金鈕釦襯衫。

「我不知道你是怎麼辦到的，快點住手，這並不好笑。」艾比尼瑟說。

「不是我，杜威色先生！」艾杜瓦多說，現在正被拖著越過艾比尼瑟的屋前草坪，「是這件襯衫！」

艾比尼瑟試著繼續走向自己的車子，但那件襯衫一直利用艾杜瓦多擋住他的去路。不管艾比尼瑟換哪個方向，艾杜瓦多就被拖到那裡阻擋他。

「欸，我不知道你是寂寞還是怎樣，可是請讓我到我的車子那裡，我可是努力要做善事。」艾比尼瑟說。

「看來這件襯衫不想要你做那類的事情。我可以向你保證，我跟你一樣討厭這狀況，杜威色先生。」艾杜瓦多說，鼻孔忿忿的張動著，暗示他說的話千真萬確，「你這件襯衫只會惹麻煩。每次我一穿上身，它要不是用太緊的領口勒住我，不然就是用袖子讓我痛打自己一頓。我不想再穿了！」

「如果你穿著它會這樣亂來，我也不想讓它留在你身邊啊，你表現得像個傻子。」艾比尼瑟說。

接著，彷彿聽到他們的對話似的，這件襯衫自動解開鈕釦，脫離艾杜瓦多的身體，飛進艾比尼瑟的懷中，袖子還不停扭動，蹭著艾比尼瑟的肌膚，好似黏人的貓咪。

「看！」艾杜瓦多不服氣的說，「它就是想跟你在一起。我就知道你對它動了什麼手腳。搞不好你跟貝瑟妮是共謀！」

艾比尼瑟低頭盯著這件襯衫，納悶襯衫是否可能對主人挑三揀四。

「怎麼樣，杜威色先生，你要怎麼解釋？」艾杜瓦多問。

「我想……我完全沒概念。」艾比尼瑟說。

14 拼字遊戲

艾比尼瑟安撫艾杜瓦多的方式是給他錢，讓他去買件沒這麼難纏或恐怖的花俏新襯衫。他也努力安撫自己，卻不怎麼成功。

艾比尼瑟抓緊那件襯衫，那件襯衫也抓緊他——彷彿很高興能夠再次團聚。他踉蹌走回十五層樓的房子，在大客廳找到貝瑟妮，她正忙著把餐巾摺成被坐扁的海鷗。

「貝瑟妮，我——」艾比尼瑟起了個頭。

「我以為我叫你滾開了，我太忙了，沒空閒扯。」貝瑟妮說。

「是，我知道。不過，這件事滿重要的。」

「比讓整個街坊的人信任我更重要嗎？」

「唔，我想可能是。拜託，只要給我一分鐘就好。」

貝瑟妮停下摺海鷗的動作，正眼看著他。她不耐煩的用腳打拍子，讓艾比尼瑟知道他最好說點有分量的話。

「唔，是這樣的，跟這件襯衫有關……」艾比尼瑟開始說，但他沒時間把自己的想法講完，因為貝瑟妮拿起一根叉子朝他射去。

「襯衫？我在準備史上最重要的派對，你要我停下來，就為了問我關於服裝的事！」她說，氣憤的拋出另一根叉子，「滾出去，你這個自私的笨蛋！」

「不只是這件襯衫的事，」艾比尼瑟說，另一根叉子飛過他的頭頂，

「還有所有從怪獸拍賣會退回來的東西，另外我還發現有本書會——」

「現在不是時候！等我的派對結束以後，我們再來聊聊這個世界有多奇怪。如果你現在不離開，我就要開始丟餐刀了。」貝瑟妮說。

艾比尼瑟短促的叫了一聲，丟下黃金鈕釦襯衫，拔腿跑出了那棟房子。他跳進自己的車裡，開始開向養老院——不然他也不知道還能怎麼辦。

他開車的時候，看到克蘿黛特在整個鄰里到處貼海報，沒有一個街角、公車站、郵箱、公廁上面，沒有克蘿黛特的燦爛笑容。

艾比尼瑟心慌意亂，眼睛沒看馬路，差點又輾過之前那位慈祥的老婦人。那個老婦人沒有太大的反應，但有個行人氣呼呼的搖著拳頭。

「睜開眼睛啊，你這個流氓！」行人說。

艾比尼瑟往前開的時候，心想自己是否該聽那個男人的勸告。不只是關於開車這方面而已，如果貝瑟妮要等到派對之後才能跟他講話，那麼也許他必須擦亮眼睛，好好思考目前正在發生的事情。

那件襯衫、那本書、退回來的物品，都是怪獸嘔出來的，而且全都有奇怪的行徑。這點對艾比尼瑟別具意義，他納悶那些東西之所以不停鬧事，是不是因為它們的創造者死掉了。

這個理論還不錯，可是無法解釋那些東西為什麼還能到處移動。再來，也無法讓人理解，那件襯衫為什麼要阻擋他做善事。

艾比尼瑟按響喇叭，因為自己的困惑而沮喪極了。他從窗戶望出去，原來轉眼已經來到養老院外頭，而他那沮喪的喇叭聲將敏蒂護士從院裡引了出來。

「謝天謝地你來了。庫林可先生整天都在探問你，」敏蒂說，「他正逐步成為這裡有史以來數一數二難纏的院民。」

敏蒂解釋說，老先生適應不了養老院節奏緩慢的氣氛。他不斷偷溜出去，只要在房間裡，就一直喃喃說著朵莉思應該讓他住旅館才對。

「我們試過在他的房門上加栓鎖，也封死他的窗戶，可是他還是一直溜出去。你可不可以跟他談談，看看能不能讓他平靜下來？」敏蒂請求。

艾比尼瑟覺得自己手上的問題已經夠多了，但依然保證會試試看能否幫得上忙。

敏蒂把他帶到老先生的房門口，先敲兩次門才走進去。他們發現他坐在床上，把弄著剩下的那枚助聽器。艾比尼瑟為他感到無比遺憾。

「我想你可能需要這個，」艾比尼瑟說，從口袋拿出另一枚助聽器，「我朋友替你把耳屎清掉了。」

老先生一把抓回助聽器，暴躁的瞇眼瞅著它。

「跟你朋友說，下次別隨便碰我的東西。」他說。

艾比尼瑟看出老先生心情不好，原本心想最好不要打攪對方，轉身要離開房間，但老先生把他叫回去。

「等等！請不要走，褪色，」他說，「你不陪我一下嗎？在這整個該死的地方，只有你不把我當成白痴。」

老先生對著敏蒂蹙起滿是皺紋的眉頭，敏蒂把這個當成要她離開的暗號。艾比尼瑟坐在房間的小桌邊，老先生拄著兩根枴杖搖搖晃晃走過去。

「抱歉我發了脾氣，褪色。我發現這一切比我預期的還難應付。朵莉思說，對我來說會很容易，結果一點也不。」老先生說。

「喔，我可以想像，一定很難熬。」艾比尼瑟不怎麼同情的說。他在想自己最快可以何時離開這個地方，而不會顯得失禮。

「你才不知道狀況。」老先生說，不以為然的揮著一根枴杖，「可是我很高興見到你，褪色。要不要來玩個拼字遊戲？」

老先生指著桌上那份極度老舊的桌遊，紙板側面變得鬆軟，外包裝掉色到艾比尼瑟幾乎分辨不出正面的圖案。

「也許下次吧，」艾比尼瑟說，起身要離開，「我真的只是來這裡歸還助聽器的。」

老先生的臉色一沉。

「請不要這樣，我只是有不少心事，你明白嗎？」艾比尼瑟說。

「喔，我明白這是怎麼回事。大家都太忙，沒人有空理庫林可先生。」老先生說。

艾比尼瑟嘆氣，又坐回椅子裡。

「玩一局就好，然後我就得走了。」他說。

老先生將皺巴巴的嘴脣擠成笑容，從紙盒裡拿出一袋英文字母牌。規則很簡單：輪到你的時候，腦海裡最初浮現什麼單字，就把組成那個字的字母拿起來，拆組成別的字之後放在板子上。另一個玩家必須想辦法猜出原本的那個字，如果在一分鐘內猜中，就可以留下那些字母。如果沒在一分鐘內猜中，那些字母和積分就會歸給出題的人。

艾比尼瑟從來沒玩過這個遊戲，但很快就上手了。他腦海裡浮現的頭一批字眼是「回憶MEMORY」、「襯衫SHIRT」、「艾杜瓦多EDUARDO」和「怪獸

BEAST」，他拆組成「我的羅馬MY ROME」、「人名崔希TRISH」、「親愛的雙重奏DEAR DUO」和「座位B SEAT B」。

他也成功的重整老先生的亂碼「剁剁你的小狗CHOP UR DOG」、「洛德爵士SIR ROD」、「觀禪SEE ZEN」和「套房SUITES」，拼出對方的答案。第一個顯然是「止咳喉糖COUGH DROP」，然後是「朵莉思DORRIS」、「噴嚏SNEEZE」和「面紙TISSUE」。

「再比一次？」老人家說。

「我可能該走了。」艾比尼瑟說，瞥了時鐘一眼，不過他又想了想，乾脆還是再來一局，因為貝瑟妮也不會希望她的道歉玩樂派對被他干擾。「好吧，不過這絕對是最後一次了喔。」

絕對不是最後一次——因為艾比尼瑟這回合輸了。他決心不要輸著離開，然而老先生下一局又贏了。不過第四局艾比尼瑟險勝，兩人打成平手，不留下來一決勝負，似乎滿可惜的。

「對了，你的海獅衣物如何了？」老先生一邊問，一邊為最後一場遊戲整理盤面。聽了他的詢問，艾比尼瑟滿臉問號。「你昨天跟我說，你跟海獅衣物一起住。」

「喔，我明白了。不，不是海獅衣物；是孩子和鸚鵡，」艾比尼瑟說，「他們都還好。孩子要辦一場派對，鸚鵡正在準備演出一場秀。」

「秀？我可以去嗎？一定比這個地方的任何東西都好。」

「絕對沒問題。牠才剛決定盡可能辦得盛大一點，所以當然越多人來越開心。很奇怪，牠的想法大轉彎，關於整個……」

艾比尼瑟的思緒制止了他的舌頭，他滿腦子都是克蘿黛特的詭異行徑。暈厥、憔悴、黑眼、喝斥的語氣、突然想要端出街坊前所未見最隆重的演出……發生的時間正巧在那些物品開始作怪的時候。

這是頭一次，艾比尼瑟把兩件事串連起來，一個可怕且荒謬的念頭開始在腦袋裡浮現。要是克蘿黛特的想法改變了，那麼改變它的又是什麼……或是誰呢？

「抱歉，庫林可，我得走了。」他說。

「可是你不能走啊！我們的遊戲還沒完！」老先生用懇求的語氣說。

要是在幾個世紀前，艾比尼瑟會不計一切代價，換取樂意跟他一起玩的同伴，可是現在他拔腿衝出養老院，迅速驅車回家，甚至遠超過時速限制。

他趕回家裡時正好是四點鐘，便直接走到大客廳去看看道歉派對進行得如何。結果派對根本沒有登場。

貝瑟妮坐在高如山的三明治和多如河的氣泡飲料中間，用雙手撐著臉頰，雙眼滲出淚水。

「我的下午過得一點都不好。」她說。

15 道歉餘興派對

「沒人出席，他們不來也沒有打電話通知我。我準備了這麼多食物，全都是白費功夫，我覺得自己是個白痴。連傑佛瑞……」貝瑟妮說，氣憤的抹掉眼裡的淚水。

艾比尼瑟環顧著慢慢餿掉的三明治、一壺壺逐漸消氣的橘子汽水，還有那些全部必須攤平歸位的海鷗餐巾。他的心思一時從關於克蘿黛特的憂慮移開，因為他不敢相信竟然會有人這樣對貝瑟妮，更不要說是一整個鄰里。

「克蘿黛特說，他們一定都拿到邀請函了。牠現在去調查到底發生了什麼事，」貝瑟妮說，「牠認為——」

電話響起，貝瑟妮跳過去，在第一聲鈴響還沒完以前就接聽起來。

「克蘿黛特？喔，嘿——是你。抱歉，我以為是別人。」

來電的是麻朵小姐。貝瑟妮用袖子抹抹眼睛，試著換成快活的語調，雖然她覺得糟糕透頂，就像被瀉肚子小狗攻擊的路燈。

「你要我幾點過去值第一次班？關於那本書，我有一堆問題想問，我幾乎一個字也讀不懂……你什麼？不是我！我才沒有希望衛生稽查員找你麻煩，我發誓……不，真的，我是說真的，我今天根本沒踏出家門……我根本不知道要去哪裡找那麼多青蛙……哈囉？哈囉？」貝瑟妮看著話筒，彷彿它剛剛想咬掉她的耳朵，接著，她把話筒砸向牆壁。

「麻朵小姐說，她再也不准我踏進她的糖果店。」她說完砸了又砸，直到手裡除了一條電線之外，什麼都不剩。「有人闖進去，在她的實驗室裡丟了一大堆青蛙，毀掉她所有的禮物籃。她認為是我做的！」

「你沒有吧？」艾比尼瑟問，這句話才吐出口，就希望能撤回來，「你當然沒有了，」他說，已經慢了一大拍，「我知道你沒有。只是你以前還滿喜歡把青蛙放在別人預期不到的——」

「你就跟其他人一樣，如果連你都不相信我，那我要怎麼——這還有什麼意義？」貝瑟妮說。

克蘿黛特飛回屋子裡。牠俯衝進大客廳，給了貝瑟妮滿是羽毛的擁抱。牠安慰貝瑟妮的能力好多了，艾比尼瑟對於自己懷疑克蘿黛特感到愚蠢，牠是個再忠誠不過的朋友。

「真遺憾，小親親。」克蘿黛特說。

牠試著用翅膀抹乾貝瑟妮的淚水，可是貝瑟妮怎樣都不肯接受。她蠕動著身子鑽出克蘿黛特的擁抱，要求克蘿黛特轉述大家都怎麼說她。

「喔，小親親，你真的不會想知道。」克蘿黛特說。

「現在就告訴我！」貝瑟妮說。

克蘿黛特看著艾比尼瑟，彷彿懇求他幫忙解圍。但艾比尼瑟不知道該怎麼做。

「唔，小親親，」克蘿黛特說，無奈的嘆口氣，「之所以沒人來，是因為……沒人喜歡你。鳥店老闆、柯薩克夫婦、動物園，還有孤兒院所有的孩子——因為你以前的惡作劇，他們都不喜歡你。沒人信得過你，他們認為，這場派對只是個藉口，會讓他們碰上新一波的糟糕事。」

貝瑟妮癱軟在附近的椅子裡，表情像是被超級不友善的大魚賞了個巴掌。艾比尼瑟仔細看著克蘿黛特，牠腳步蹣跚在房間裡繞行，似乎對發生的事情越來越生氣。

「他們不給你機會，讓我很火大，」克蘿黛特說，「這個街坊必須得到教訓……」

「這個街坊真的需要得到教訓……」貝瑟妮說。被魚賞了巴掌的表情從她臉上消失了，換成了堅決的神情。

「我是說，這整件事讓我質疑，一開始何必嘗試當個好人。」克蘿黛特搖著腦袋說，「看看這些三明治……」

「我一個也不想碰，對我來說它們都毀了。」貝瑟妮說。

克蘿黛特對那些三明治的感覺跟貝瑟妮不同。牠以極快的速度飛繞餐桌，吞下眼前的每個三明治，又灌進數公升的橘子汽水把食物沖下肚子。艾比尼瑟注意到牠的肚子沒變大，不像平常那樣，彷彿所有的食物和飲料都消失在牠體內某個地方。

「嗯嗯嗯！每一個都好美味。」克蘿黛特說，用一邊翅膀抹抹嘴喙，

「我想這樣也安慰不了你，是吧，小親親？」

「對，在我報完仇以前，什麼都沒辦法逗我開心。」貝瑟妮說。

「等等，貝瑟妮。雖然我不是這種事情的專家，可是你千萬不要在氣頭上去做傻事。我以前就犯過這種錯——」艾比尼瑟開始說。

「你知道怎樣嗎，艾比尼瑟？你說得太對了。」克蘿黛特說。艾比尼瑟一時之間如釋重負，可是牠接著補了一句，「你的確不是這方面的專家。」

「什麼？」艾比尼瑟說。

「你不知道貝瑟妮經歷了什麼，你也不曉得做個好人是什麼意思。我們可別忘記，你這輩子大半時間都在獵捕無辜的生物，餵給高貴美妙的怪獸吃。」克蘿黛特說。

「高貴？美妙？等等——」艾比尼瑟說。

克蘿黛特連一秒都不等。

「貝瑟妮，我是不是你認識最善良最棒的生物？」牠問。貝瑟妮點點頭。「很好，所以你應該聽我的勸，不可以再讓人踐踏你了。」

「克蘿黛特，你在說什麼啊？」艾比尼瑟說，因為不知所措而驚慌不已。他注意到牠兩顆眼睛都變成黑的，而他並不喜歡裡頭的神情。「報仇對誰都沒幫助！」

「報仇會讓我覺得好過點。別老是那麼自私，凡事只想到自己，你為什麼不花點時間為我想想？」貝瑟妮問。

「貝瑟妮，我……我當然很在意你的感覺。」艾比尼瑟說。

「唔，不夠，比不上克蘿黛特。」貝瑟妮說著把背包扛上肩膀，氣呼呼的衝進走廊，拿起蜥蜴女士歸還的滑板車，「只有克蘿黛特真正關心我。」

艾比尼瑟張開嘴、閉起來，然後再張開，思考到底要怎麼證明自己確實關心貝瑟妮，腦袋卻一片空白。貝瑟妮看著他幾秒鐘，渴望他說點什麼，他卻什麼都說不出來。她走到前門那裡。

「還有一件事，」貝瑟妮說，轉身面對克蘿黛特，「你剛剛說孤兒院所有的小孩……」

「很抱歉，孤兒院的小孩的確都很討厭你，」克蘿黛特說，「尤其是你那麼喜歡的傑佛瑞。他跟你交換漫畫，顯然只是因為他怕你會再次拿蟲子塞他的鼻孔。」

「連傑佛瑞也……」貝瑟妮說，神色一時動搖，然後再次恢復堅決的表情，「如果大家不認為我可以當好人，那麼也許我應該讓他們瞧瞧，我可以有多壞。」

「沒錯！」克蘿黛特尖聲說，黑眼閃現喜悅的光芒。

「不、不、不！」艾比尼瑟喊道，「貝瑟妮，等等，那輛滑板車可能很危險！」

可是已經太遲了。貝瑟妮使勁甩上前門，從屋前呼嘯著快速駛離。

「哎呀呀，我想我從沒看過激動成這樣的人。看來你也只好想像，她會對街坊做出什麼事情來。」克蘿黛特說，「喔，別擔心那輛滑板車，親愛的男孩。我叫它要守規矩——好吧，暫時守規矩。」

艾比尼瑟拔腿衝出前門，但貝瑟妮已經離開，他不知道她往哪個方向走了。他盡可能快步跑回到殘餘的電話那裡，抓著那條電線，心想如果電話還能運作，他可以打電話給誰。

「我也叫閣樓裡的那些東西，一定要學會怎麼保持安靜。」克蘿黛特說，「它們這陣子淘氣得很，在這個地方到處搗蛋。不過，話說回來，我想我自己也有點調皮……我其實沒跟鄰里裡的任何人講到話，我只是在雲朵間飛來飛去。」

艾比尼瑟俯視克蘿黛特。「你在說什麼？」他問，作為回應，克蘿黛特把其中一張貼了八字鬍的藍色邀請函往空中一拋。

「難怪客人沒來。」牠說。艾比尼瑟彎下身，發現邀請函上還裹了一條青蛙腿。「喔，麻朵小姐糖果店裡那些會蹦蹦跳的討厭東西，跟我可能有點關係。不過，我不得不吃掉一兩隻青蛙，因為看起來實在美味極了。」

克蘿黛特的嘴喙上浮現令人不快的冷笑，牠現在說話的聲音並不是牠自己的。那種嗓音柔軟滑溜，艾比尼瑟聽來再熟悉也不過。他不再聳立於鸚鵡面前，而是往後退縮，害怕自己最糟的懷疑正要成真。

「那是什麼表情啊，艾比尼瑟？我知道你一直在想我，我想讓你知道，我也一直在想你。這段時間，我的心思只放在你跟貝瑟妮身上。過來給你的怪獸親一個。」

艾比尼瑟退開，被那個咧著嘴笑、朝他搖晃走來的生物嚇壞了。他出聲求救，雖然知道沒人聽得見。

「別擔心，艾比尼瑟，我來救你了。」怪獸透過克蘿黛特的嘴喙說，「我會把那可怕的影響力從你的生活中除去，就像我以前把企圖介入我們的其他人除掉一樣。可是首先，我需要讓她了解到，她跟我並沒有兩樣。」

「可、可、可是，你怎麼會在這裡？什、什、什麼？為、為、為什麼？」艾比尼瑟支支吾吾。

「說真的，分開這麼好一陣子，你只有這些話要問我？」怪獸說，搖著克蘿黛特的腦袋表示失望，「不問『你好不好』或是『住在一隻鸚鵡的身體裡感覺怎樣』嗎？坦白說，艾比尼瑟，我對你的對話技巧失望，也許你需要跟牆壁做更多練習。」

艾比尼瑟慌慌張張倒退著上樓，怪獸東搖西晃追著他。牠側著克蘿黛特的耳朵，等著更迷人的話題出現。但艾比尼瑟一語不發，於是怪獸透過克蘿黛特的嘴喙嘆口氣，回答他一開始的問題。

「至於怎麼會和為什麼：首先我吃掉牠肚子裡所有的食物。這花了我一點時間，畢竟牠是隻胖鸚鵡。目前，我正在摧毀牠善良樂觀的個性。我以前不曾從內部吃掉生物，我以後一定要更常這麼做，」怪獸說，「我原本要藉由牠的蛋偷偷溜出來——牠原本可以用那種方式甩掉我，但牠太蠢了——不過現在這樣倒有趣多了。」

「你真卑鄙！」艾比尼瑟大喊。

怪獸再次搖了搖克蘿黛特的腦袋。這不是牠理想中的團圓。

「如果你沒辦法有禮貌的講話，也許你不應該再開口，」牠說，「你該把那件美麗的襯衫穿回去了，我想。」

怪獸扭了扭克蘿黛特的一根腳爪，黃金鈕釦襯衫發出巨大的咻咻聲響，飛到了樓梯那裡，以脅迫的姿態懸浮在艾比尼瑟上方。

「你、你，你別想逍遙法外。」艾比尼瑟說，樂天得令人佩服。

「喔，我親愛的男孩，我想你會發現，我早就在法外逍遙自在了。」怪獸說。

16 深夜惡作劇賣場

怪獸的滑板車以高速往前衝刺，即使設定在「中等」速度，貝瑟妮也快過路上所有的汽車和摩托車。她前進得如此飛快，感覺空氣似乎咬著她的皮膚，周圍的世界模糊成一片。

貝瑟妮比原先預計的提早了二十分鐘左右抵達「深夜惡作劇賣場」，賈瑞德．克托弗雷奇在門前階梯上迎接她。

「終於！我的小整人大王回家了，」賈瑞德說，金牙一閃，「我就知道

你沒辦法離開太久。」

深夜惡作劇賣場可不是一般的整人用品店，不是爸媽會帶孩子去買彈弓和放屁坐墊的地方。這裡險惡多了。貝瑟妮被迎進店裡時，迎面就是一整個架子的尖叫娃娃。

「跟這些毛骨悚然的尖叫娃娃打聲招呼吧，」賈瑞德．克托弗雷奇說，「是半夜嚇唬人的完美選擇。」

「好噁心。」貝瑟妮說。

「誠心感謝讚美。」賈瑞德．克托弗雷奇說，「你今天想找什麼樣的可怕東西？」

貝瑟妮沒有特別想要什麼，於是在店裡逛來逛去。她瞧了瞧一整牆的書籍摧毀機器人，還有設計來做各種討厭事的活動陷阱。

賈瑞德．克托弗雷奇對顧客一向很殷勤，尤其是對貝瑟妮這種只要得到鼓勵，就會努力精進惡搞之術的人。「你會考慮邪惡的夢魘棒棒糖嗎？」他問，領著貝瑟妮到一個外表尋常的糖果盒那裡，「只要舔一口，你的受害者就會連做好幾個星期的惡夢。」

貝瑟妮搖搖頭。她需要比棒棒糖更惡毒的東西。

「那邊那些是什麼？」貝瑟妮問，「看起來像是某種機械老鼠。」

「是機械老鼠沒錯，但它們一點也不善良。」賈瑞德・克托弗雷奇說完帶她走到它們那區，這些老鼠有紅色眼睛，黑色金屬身體。「這是我最新設計的超臭老鼠。」

「怎麼用？」貝瑟妮問。

「首先，你把自己選的臭味匣裝進老鼠裡，接著拿著老鼠對準目標，從尾巴啟動，然後看著它進攻。老鼠會爬上受害者的身體，從鼻孔裡噴出一陣濃濃的粉紅煙。射程範圍長達一百五十公尺左右，所以你人不必靠近犯案現

BOG OFF!
BETHAN

鼻屎乾
鼻屎乾

場。」賈瑞德．克托弗雷奇說。

「要是我想靠近呢？要是我想親眼看看呢？」貝瑟妮問。

賈瑞德．克托弗雷奇閃了個金牙笑容。

「每一組老鼠都附了防臭鼻夾，」他說，「如果你希望老鼠一次攻擊不只一個人，也可以設定成全面模式。」

貝瑟妮點點頭，繼續在店裡頭走逛，賈瑞德拿了其他殘酷的裝置給她看，像是裝滿便便的方糖，還有發條寶寶造型的偷竊器。看過店裡的每樣商品以後，她把頭探進後側房間，看見一張工作臺和一批空的臭味匣。

「那裡就是創造驚奇的地方。我剛剛調配出一種很棒的恐怖氣味，我想命名為『魚骨驚駭』。」賈瑞德．克托弗雷奇說。

「可以給我一些空匣子嗎？」貝瑟妮說，她正快速動著腦筋，設計新的惡作劇。「我想自己弄一些臭味。」

「我也這麼想。你對二手拍賣商品動的手腳真是天才，你應該看看那把餐刀對我的一些顧客做了什麼事。」賈瑞德・克托弗雷奇說。他笑得好厲害，彷彿就快笑掉一顆牙。

「我又沒有——」

「啊，是啦，當然了，算你聰明。那些都不是你做的。」賈瑞德・克托弗雷奇說，「如果有人問起，也別說這些老鼠是從我這裡拿到的，嗯？我們這些惡作劇同好必須彼此照應。」

「反正你快給我空匣子和兩袋機械老鼠。」貝瑟妮說。

賈瑞德・克托弗雷奇可以看出貝瑟妮對錢沒什麼概念，於是出了個高到離譜的價格。貝瑟妮把所有東西都塞進背包，然後思索要先到哪裡去蒐集可怕臭味的材料。

她跳上滑板車，咻咻衝到鳥店去。通常，鳥店老闆會在店裡留到很晚，然而這一回，貝瑟妮卻看到他和家人在樓上吃晚餐的窗影。

「唔，這樣還更簡單。」貝瑟妮說。

她來回看了看冷清的街道，然後嘗試打開店門。門沒鎖，可是當她一走進去，所有的小鳥都轉過來看她。牠們就像看門狗，只是可能吵鬧得多。

「嗯，也許沒那麼簡單。」貝瑟妮說。

她知道，只要有一隻鳥發出警告的啼叫，嘎嘎、咯咯或咕咕，其他的小鳥都會加入。她拉長了臉，因為她覺得自己不可能順利取得需要的東西，可是接著怪獸鋼琴奏起了搖籃曲，這首曲調很有撫慰作用，讓每隻小鳥的眼睛全閉了起來，連那些剛醒來準備活動的夜行性小鳥也是。

要不是因為受傷和憤怒而心情激動，貝瑟妮自己也會睡著。她等到整個房間鼾聲四起時，才開始去找麝雉的籠子。

那個籠子跟其他籠子分開來放，因為沒有一隻鳥可以忍受那個生物的臭氣，牠連睡著的樣子也顯得寂寞無依。

「我懂這種感覺，老兄。」貝瑟妮低語，將鼻夾掐在鼻孔上，把手伸進麝雉的籠子，拿了幾根臭氣熏天的羽毛放進她的臭味匣，「其他小鳥這樣對你，也應該受到懲罰。」

貝瑟妮悄悄離開鳥店。麝雉無友相伴的情景，提醒她獨自坐在那堆三明治裡，感覺有多孤單。她把滑板車的把手抓得更緊，咻咻衝向動物園。

令人心煩的是，動物園大門鎖上了，牆壁比最細長的路燈都還高。她正準備轉身騎回十五層樓房子時，滑板車卻自己滑了起來。它帶著貝瑟妮衝向大象園欄的外牆，速度快到她來不及想到自己可以跳下來。

貝瑟妮做好用力撞上牆面的心理準備，但滑板車卻有別的想法。它違反了地心引力，開始攀上動物園牆壁。

貝瑟妮用盡所有力氣抓住把手，滑板車帶著她往建築物的最頂端而去。

她往下俯瞰，納悶自己要怎麼到大象那裡，這時滑板車再次展現了反重力奇招，爬下動物園的內牆。

這一回貝瑟妮放聰明了，她閉緊眼睛，直到感覺地面就在腳下。她睜開雙眼時，發現自己和一頭愛玩的象寶寶面對面。

「嗨。」貝瑟妮說。

象寶寶很興奮能夠認識貝瑟妮。牠提起長鼻吹出巨響，回應她的「嗨」。

象鼻吹出的響聲讓貝瑟妮一時耳聾，並引起動物園夜間警衛的注意。貝瑟妮躲到象寶寶背後，警衛拿手電筒往圍欄裡照。

「你想這頭是怎麼回事？」第一個警衛問。

「喔，只是其中一隻象寶寶，」另一個比較年長的警衛說，「在這個年紀，不管碰到什麼都愛大呼小叫。應該沒事，接下來幾個晚上只需要稍微盯著就好。」

「明天晚上我恐怕沒辦法。」第一個警衛說，他們離象欄越走越遠。「我要去柯薩克劇場看那場秀。你知道的，就是鸚鵡那場。」

「你買到票了？」較老的警衛說，「我打電話去的時候，票都賣光了。看來，這是他們從跳舞魔術師那場以來，規模最大的秀……」

貝瑟妮一直等到警衛的閒聊聲變得遙遠，才從象寶寶後面出來。接著，她走到最大一堆象糞那裡。

象糞的氣味比麝雉最糟的狀況還要糟糕許多，不過貝瑟妮的鼻夾擋住了一切氣味。她抓起手套和附近的剷子，開始小心的把大象便便剷進一批臭味匣裡。

她才把臭味匣和鼻夾收進背包，就意識到有幾頭大象盯著她直看。她腳下的地面劇烈震動，大象們踩著重步，慢慢朝她走來——牠們對她偷走便便的反應，彷彿她盜走了最精美的銀器。對於貝瑟妮的行為，象寶寶露出嚴重受到背叛的表情。

「我只是借用一下，」貝瑟妮說，悄悄走向滑板車，「我保證，等我辦完事情以後就帶回來。」

這番話完全安撫不了大象們，牠們砰砰朝她走去，速度越來越快，像獅群包圍瞪羚那樣圍住了她。貝瑟妮拔腿衝向滑板車。她一抓住滑板車，滑板車就自動攬起責任，帶著貝瑟妮快速衝出象欄，在用力揮甩的象鼻之間穿梭，然後帶著她攀上牆壁，再爬下牆壁，速度比之前更快。

貝瑟妮高速駛向十五層樓房子。她聽到象群氣憤的吹鼻聲，觸動了動物園裡的其他動物，憤怒的聲響此起彼落。

等到那些喧囂都遠去之後，她開始為晚上的成果慶幸，這比原本預期的好上很多——很大部分跟滑板車和鋼琴的意外支援有關。

貝瑟妮納悶，這些跟怪獸有關的物品為什麼對她這麼熱心，卻老是扯鳥店老闆和蜥蜴女士後腿。她並不喜歡從有關怪獸的任何東西得到支持，她開始懷疑自己做的事情到底對不對。

她覺得也許該再跟克蘿黛特和那個自私的欠揍臉聊聊。可是，她回到家的時候，到處都看不到那個自私的欠揍臉。

「哈囉，貝瑟妮。」怪獸說，牠正停棲在廚房餐桌上，用克蘿黛特最甜美的聲音說話，「我恐怕跟艾比尼瑟大吵了一場。他離開這棟房子了，他說他永遠不想再看到你或聽到你的消息。」

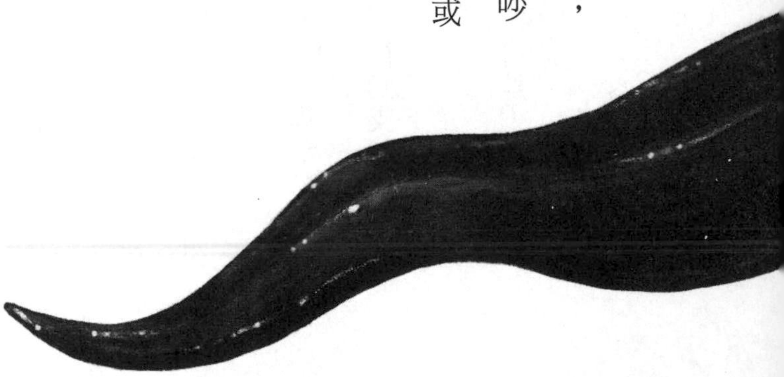

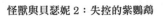

17 杜威色糟透了

怪獸硬擠著克蘿黛特的眼球，直到出了水，然後用牠的一邊翅膀抹掉「眼淚」。

「狀況很糟，」牠說，「我跟艾比尼瑟解釋，你為什麼需要報復整個街坊，可是他就是不肯聽。你認為自己值得從你惡整過的人那裡，獲得再一次的機會，他覺得這個想法很笨。他說如果你認為他自私，那麼也許他該讓你看看，他可以自私到什麼程度。」

「才不會，」貝瑟妮說著便在廚房裡找來找去——打開櫥櫃和冰箱，深信他就躲在其中一處，「他知道我說那些話，是因為我受了傷。」

「他唯一知道的事，就是他希望我和你在星期六前搬出去，這樣他就可以回到無憂無慮的美妙生活，泡數不盡的泡泡澡，享受單人茶會。」怪獸一邊說，一邊為了戲劇效果，又擠了擠眼球，「我必須搬離這個街坊，而你……唔，我想你必須回到孤兒院去。」

怪獸想要品嘗貝瑟妮臉上的表情，但她背對著牠，而且花了幾分鐘時間死死盯著餅乾櫥櫃。當她打直背脊，轉過身來的時候，手中握著捏斷的櫥櫃把手。

「他明明知道我在那邊的狀況，他不可能……」

可是就連貝瑟妮自己，也不相信她所說的話。克蘿黛特不可能會為了這種事騙她。

她知道艾比尼瑟疲於應付生活裡的動盪，可是不曾想像他會想把她趕出去。她以為他們兩人的友誼更加重要。

感覺不管她到哪裡去，都有人跟她作對。這一天剛開始時，她還以為一切漸入佳境，結果接近一日尾聲，她竟然落得無家可歸，了無希望，失去艾比尼瑟，不得不回到曾經讓她那麼不快樂的地方生活。

「這就是想做好事的結果，」她說，將櫥櫃把手碎片丟到房間對面，結果打破了其中一只艾比尼瑟漏掉的華麗茶杯。「我不能回孤兒院去，尤其在知道他們對我的看法以後。」

「我想你別無選擇——」怪獸開始說。

「管他的！從來沒人可以指揮我。我要跟你一起走。」貝瑟妮說著抬起頭，眼神滿懷希望，「拜託，克蘿黛特。我只剩你這個朋友了……」

怪獸必須控制克蘿黛特身體裡的每條肌肉，免得狂笑出聲。接著，牠說了幾個世紀以前，第一次遇到艾比尼瑟時所說的話。

「別擔心，我保證，你永遠、永遠甩不掉我，」牠說，「我會照顧你。」

怪獸認為在這種時刻，克蘿黛特應該會擁抱貝瑟妮。於是牠展開雙翼，跳過流理臺，彷彿想要弄懂該怎麼擁抱。

謝天謝地，貝瑟妮沒有心情抱抱。她拉開背包的拉鍊，在流理臺上排開老鼠和臭味匣。

「在明天的秀結束之後，我們可能必須一起展開新生活，」貝瑟妮說，「等我弄完這個整人把戲，就沒辦法繼續留在這附近了。」

怪獸咧嘴笑了——這番可怕行為的跡象，增強了牠對克蘿黛特的控制。貝瑟妮想要立刻動工，但因為體力透支，眼皮都快合起來。

「我可能得等到明天才能行動，」貝瑟妮說，「但我保證絕對值得。」

這番延遲惹惱了怪獸，不過牠試著裝出滿不在乎的樣子。

「這個點子太棒了。我現在用飛的帶你上樓。也許，我同時還能唱一首甜蜜美好的歌給你聽。」怪獸說。

貝瑟妮抓住鳥爪，怪獸開始飛向貝瑟妮的房間，一路飛得搖搖晃晃、顛顛簸簸。怪獸運用克蘿黛特聲音的能力，勝過運用這隻鸚鵡的翅膀。即使如此，牠的歌聲一點也稱不上甜蜜美好。

怪獸蹣跚走出貝瑟妮的房間，開始往樓上跳去。牠還來不及走到上一層樓，貝瑟妮便出聲呼喚。

「克蘿黛特……你要去哪裡？」她喊道。

「現在又怎麼啦？你該不會想要一個晚安吻什麼的吧？」怪獸問。

「不是，我只是想不通你為什麼要上樓。我還以為你會留在我房間。」

貝瑟妮邊說邊打哈欠。

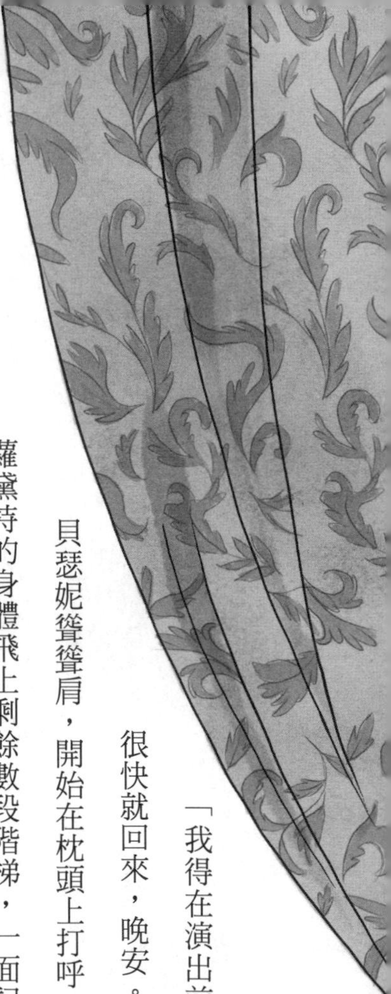

「我得在演出前先確定一件事，很快就回來，晚安。」怪獸說。

貝瑟妮聳聳肩，開始在枕頭上打呼。怪獸一面拖著克蘿黛特的身體飛上剩餘數段階梯，一面記住那些等待物品歸位的空位。牠扭動腳爪，將回憶之書召喚過來，翻動紙頁，提醒自己這棟房子在拍賣會前的模樣。

「盡量別害怕，」怪獸一到頂樓就喊道，「我覺得你不害怕的模樣可取多了。」怪獸利用克蘿黛特的腳爪，嘎吱打開樓梯頂端那扇搖搖欲墜的老門。牠開啟電源，下令回憶之書窩進自我裝飾的耶誕樹、太空裝和床單大小的電視之間。

怪獸拉開房間盡頭的紅色絲絨簾幕，艾比尼瑟就倒在後面，被黃金鈕釦襯衫壓制在地。

他的腳踝上有鳥爪抓痕，是怪獸拖著他上樓的結果；他的脖子淤青腫脹，因為每次他想大聲呼救或是警告貝瑟妮，襯衫就用力勒住他。比起怪獸讓他經歷的情緒折磨，他肉體的傷勢算不了什麼。

「喔，你這個小呆瓜。看看你的表情，我剛剛提醒過你什麼？」怪獸說。

18 怪獸之歌

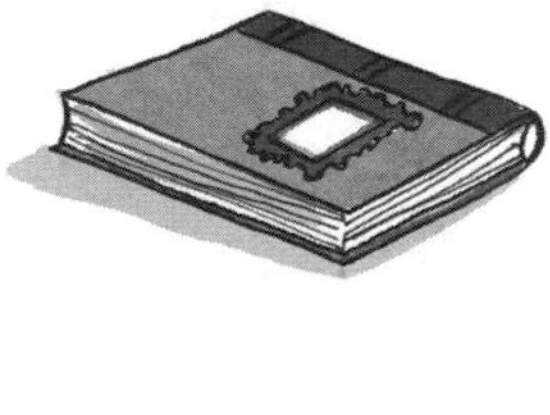

「換個角色不錯吧？」怪獸說，「現在你被困在這裡，而我可以在樓下自由行動，跟貝瑟妮玩樂一番。」

「你對她做了什麼？」艾比尼瑟問，因為脖子不停被勒住而嗓音低啞。

「我還沒大快朵頤，如果那是你想問的。」怪獸說，「在那之前，有太多樂子可以享受。貝瑟妮必須知道，她在內心深處也是個怪獸，跟我一樣。」

「貝瑟妮跟你一點都不像！」艾比尼瑟啞著嗓子說。他使盡全力說話，但音量不比悄悄話大多少。

「喔，這我就不確定了，」怪獸說，在克蘿黛特的嘴喙上綻放邪惡的淺笑，「咱們來回顧這些事實吧？昨天，她餵我吃活蟲做的三明治，今天她計劃對街坊其他人進行恐怖復仇。看著她忙於奔走，真是振奮我心。」

「那不一樣。她以為是克蘿黛特要她做的！」

「嗯，是沒錯。要是『克蘿黛特』說可以，貝瑟妮還會願意做什麼呢？」怪獸說，「我一直在想貝瑟妮很討厭的那個葛洛麗亞．柯薩克。告訴我，你想我有可能叫貝瑟妮把她餵給我吃嗎？」

「別荒唐了。她**永遠不會**——」艾比尼瑟說。

「嘖，嘖。『永遠』這種字眼不大樂觀是吧？」怪獸說，「況且，你沒有我這麼懂貝瑟妮。你沒看到我跟她說你拋棄她時，她有多受傷。」

艾比尼瑟不願接受，貝瑟妮會相信他這麼不在乎兩人的友誼。怪獸看著艾比尼瑟臉上那種晴天霹靂的神情，彷彿在暢飲美味的甜香酒。

「貝瑟妮認為，她在世界上只剩下我這個真朋友。她認為只有我可以拯救她，讓她不用回孤兒院生活。很好笑吧？」怪獸說，「我想她什麼都可能做得出來。如果我說服她，葛洛麗亞用某種方式傷害了克蘿黛特。」

「不！」艾比尼瑟跟那件襯衫角力，再次慘敗。怪獸失望的搖了搖克蘿黛特的腦袋。

「嘿，別傻了，」牠說，「我知道你為什麼有這種反應。你可能以為自己必須站在貝瑟妮那邊，因為我不願意再接受你，是吧？嗯？這樣吧，你會很高興聽到，我一直在懷念我倆共度的時光，在貝瑟妮這個小小干擾出現以前的時光。」

怪獸蹣跚走過去，用克蘿黛特的一根鳥爪輕撫艾比尼瑟，在他的臉頰上留下深深的傷口。

「別擔心死亡，艾比尼瑟。我知道那一直是你最害怕的事情。」牠說，「我在克蘿黛特的肚子裡策劃報仇時，想到你過去是多麼優秀的僕人。我有過的其他僕人往往很快變得軟弱無能，可是在你這一任，我們過了五百年才碰上問題，我不忍心失去這樣珍貴的員工。」

「我不會再服務你了。」艾比尼瑟說。他無法相信自己曾一度認為，他可能會想念這個可怕的怪物。

「會的，你會。等我殺了貝瑟妮，所有的不愉快都會被拋到腦後，我們就可以回歸過去的常態。」怪獸說，「你會送餐給我，而你想要什麼，我都會給你。起初你可能會煩躁一、兩星期，但你最後總會釋懷的，就像你以前對你的寵物貓釋懷那樣。再說一次牠叫什麼名字？是提布思夫人嗎？」

「牠叫提波斯大人，而且這件事跟那個完全不同！拜託，拜託放貝瑟妮走，要懲罰就懲罰我。」艾比尼瑟說。

怪獸發出柔滑的竊笑聲，從艾比尼瑟身邊蹣跚走遠。牠搖晃走著的時候，羽毛從克蘿黛特的背上紛紛脫落。

「喔，不，我等這道菜餚好一陣子了。這就是為什麼我花時間在這頓飯上調味，用殘酷和怨恨當作佐料抹在她身上。我唯一的遺憾是你沒辦法親自看到我的勝利，我們一定要稍微思考一下，該怎麼讓你參與這美妙的活動。」怪獸說。

怪獸在閣樓裡搖晃繞行，思考了那麼一下，接著天外飛來一個好點子，讓牠停下腳步。怪獸扭了扭克蘿黛特的爪子，一臺電視落在艾比尼瑟面前。

「我會拍下整場演出，分享到這個螢幕上！」怪獸說，「同時，為了娛樂你……」

怪獸透過克蘿黛特的嘴喙，嘔出了形狀特殊的電線，把回憶之書和電視連接起來，那些回憶現在成了一段段影片。

「現在先看看我們以前的生活，不錯吧？」怪獸問。

艾比尼瑟試著搖頭，但黃金鈕釦襯衫衣領卻逼他點頭。

「好極了。也許，在表演結束以後，我們可以辦一場向我致敬的小小秀後派對？」怪獸說，「你想不想聽在我除掉她以前，打算表演的歌？」

黃金鈕釦襯衫又逼艾比尼瑟點點頭。

「很好，我就覺得你會想聽。」怪獸說，「既然這場秀的名稱叫『派崔克盛會』，我想也許我可以唱牠寫的最後一首歌。你知道我指的是哪首嗎，艾比尼瑟？就是我在這個閣樓裡吃掉牠之前，牠以我為主題寫的那首。」

怪獸合上克蘿黛特的眼睛。等牠再次睜開，便想像自己對著大群觀眾演出。牠唱了起來：

「怪獸擁有這片土地上最精美的宅邸。

這棟房子高聳寬闊，氣派無比。
連宮殿那麼寬敞的女王，
即使想試，也無法跟怪獸較量。」

這首曲子意外的動聽，因為怪獸越來越懂得怎麼利用克蘿黛特的才華。怪獸放聲高歌時，克蘿黛特的爪子挖進地板，動來動去，留下了奇怪的記號。怪獸沉浸於自己的演出中，完全沒注意到。

「怪獸有張臉，實用又滾圓。
有三隻眼失物必定能尋回。
兩根舌頭凡是找到的東西都能舔，
怪獸顯然就是天下無雙。」

怪獸唱完便彎下克蘿黛特的背，深深一鞠躬。黃金鈕釦襯衫的袖子湊在一起，逼艾比尼瑟鼓掌。

「一首好歌對靈魂產生的作用令人稱奇。」怪獸說，牠的笑容如此燦爛，差點讓克蘿黛特嘴喙的角落裂開，「等我回來，我再唱一首安可曲來招待你。」

怪獸朝門口蹣跚走去。艾比尼瑟又發出一聲嘶啞的吶喊，但是毫無作用。他無能為力，拯救不了貝瑟妮。

「喔，對了，接下來二十四個小時你又別想睡了。」怪獸將克蘿黛特的腦袋轉過來說，「你只要合上眼睛，襯衫就會勒住你、擠壓你，讓你保持清醒。我真的喜歡你，艾比尼瑟，可是我們還是必須確保，你要為你對我做過的事受到懲罰。」

怪獸關起門飛下樓，對自己滿意極了。牠志得意滿，全然沒留意克蘿黛特在地板上留下的爪痕。

19 怪獸雙人組

貝瑟妮隔天早早醒來，決心盡快把復仇工具準備好。臥房裡不見克蘿黛特的蹤影，所以她索性下樓去。

克蘿黛特也不在廚房裡，貝瑟妮不得不自己張羅早餐，這是幾個星期以來的頭一次。她轉開收音機，開始痛扁瑪芬。

她通常很喜歡做壓扁瑪芬三明治，但今天它們讓她滿腦子都是艾比尼瑟。她痛扁瑪芬時，想像自己正在痛扁他。她甚至告訴瑪芬，它們是白痴，

竟然要把她從十五層樓房子趕走。

艾比尼瑟的屏棄最讓她受傷，因為他是她第一個朋友。貝瑟妮依然不確定友誼這種東西該怎麼運作，但她認為他們兩個至今表現得都還不錯，直到他連一聲「再見！」都沒說就消失無蹤。

她顯然誤會了，就像她近來誤會了很多事情那樣。

早餐過後，她把心思放在那些老鼠身上，花了兩三個小時讀懂太過囉唆的手冊，弄清楚怎麼裝填臭味匣，而不要讓討厭的臭氣滲出來。除了麝雉羽毛和大象便便的組合之外，她察看了賈瑞德・克托弗雷奇提供的氣味。臭味等級從普通臭的「古董香蕉」，到澈底令人作嘔的「死獾的屁」都有。然後她又花了一個小時左右，針對對象挑出不同的恐怖氣味。

「傑佛瑞的兩隻眼睛會各受一隻老鼠攻擊，誰叫他假裝是我朋友。」她自言自語，「絕對要用大象便便對付蜥蜴女士……喔，還有這個死獾很適合鳥店老闆……」

她也決定把幾個麝雉臭味匣設定成全面模式，這麼一來，劇場裡沒人躲得過她的臭氣怒襲。現在只剩麻朵小姐還沒算進去。雖然麻朵小姐只要待在劇場就會受超級臭鼠襲擊，但貝瑟妮覺得那個糖果店老闆值得更好……唔，應該說，更糟糕的東西，因為她先給了貝瑟妮希望，然後又一把奪走。

「衛生稽查員！」她對自己說。她跑到電話簿那裡，撕下列有本區衛生稽查員電話的那頁，然後塞到背包的前側口袋。

貝瑟妮以為，她在籌備惡作劇用具時，心中會湧現罪惡感或是某種不愉快的感覺，可是根本沒有那類的感受出現。她不只覺得棒透了，還意猶未盡。她之前就學到，復仇像是越喝越渴的飲料，接著又想到，表演結束以後要怎麼辦？這時，前門打開了。

「克蘿黛特！」貝瑟妮衝進玄關大喊，「你上哪——」

看到克蘿黛特，貝瑟妮一時說不出話來。怪獸弄彎了牠的嘴喙，所以現在歪了一邊，還在牠眼睛四周留下深紫色圈圈。

「發生什麼事了？」貝瑟妮驚恐萬分的問。

怪獸用克蘿黛特的腳爪抓住不久前才嘔出來的銀色繩子，假裝跛著腳朝貝瑟妮走去。

「是葛洛麗亞．柯薩克，」怪獸說出牠練習一整天的謊言，「我到處飛來飛去，替今晚的秀做點最後的準備。她抓住了我，說她想當這場秀的明星，然後就對我下毒手，讓我沒辦法表演。她甚至想用這條銀色繩子勒死我！」

貝瑟妮滿臉怒火。她不喜歡葛洛麗亞，但也無法相信對方會做出這麼殘暴的事情。

「我會處理她的。我要用三隻老鼠對付她——每個眼睛各三隻！」她一面說，一面在玄關來回踱步，「其實，不，她值得比這還糟的懲罰。」

「哎呀，這我就不知道了。」怪獸小心翼翼的說，因為牠知道自己就快達成目標，「也許就不要追究了。」

「絕對不行，克蘿黛特！我們必須為這件事懲罰她。」貝瑟妮說。

「喔，天啊！喔，天啊！我不希望有人因為我而受傷。」怪獸說著擺弄克蘿黛特的翅膀，裝出認真思考的模樣，「不過，如果能讓她知道不能到處痛扁藝人同行，我想我不會這麼介意。假如這不只是個懲罰，而是能給她一個強大慘烈的震撼，可怕到足以改變她的行為，會滿不錯的。」

「沒錯！你有想到什麼強大慘烈的事嗎？」貝瑟妮問。

怪獸透過克蘿黛特的嘴喙嘆口氣。

「這就是我被難倒的地方，你也知道，我其實不是擅長創造強大慘烈的那種人。你呢？你人生中發生過最慘烈的事情是什麼？」牠反問貝瑟妮。

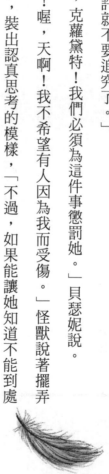

「差點被怪獸吃掉，」貝瑟妮說，「唔，如果不是那個，就是我不小心踩到插頭的那次。」

聽到貝瑟妮的回答時，怪獸誇張的裝出驚訝的樣子。牠用克蘿黛特的翅膀互拍，彷彿在歡呼。

「喔，太好了！你知道嗎，貝瑟妮，我想那個可能會成功！」牠說。

「我覺得，插頭不大能達到那種效果。」貝瑟妮說。

「不，不是插頭，是效法怪獸！我們應該吃了她，」怪獸說，「抱歉，我的意思是，我們應該讓她誤以為自己會被吃掉。」

「什麼？」

「對！那一定能讓她震撼到改變自己的作風！」

「可是威脅要吃掉她吔！那要怎樣才辦得到？」

「很簡單。首先，你把葛洛麗亞帶到柯薩克劇場。那應該不會很難，你也知道她是什麼樣子。在某個時間點，你用這條繩子捆住她的雙手。在我的表演期間，我會假裝要吃掉她。」

「然後呢？」貝瑟妮問，聽得目瞪口呆，恐懼又入迷。

「好吧……我顯然不會吃掉她。我又不是怪獸。」怪獸說，透過克蘿黛特的嘴喙發出柔滑的竊笑，「就在我作勢要挖出她的一顆眼珠時，我會停下來告訴她，如果她不對藝人同行好一點，我絕對不放過她，真的會把她吃掉。」

「可是克蘿黛特，這樣你不會惹上麻煩嗎？」

「別擔心。我們只要假裝那是秀的一部分，觀眾會很興奮，而葛洛麗亞會嚇到說不出話來。」

「這感覺有點……狠。」貝瑟妮說。

「我知道，當然會正點得很！」怪獸說。

「不，我說狠毒，指的是狠心和邪惡。」

「這哪有什麼邪惡的？我們又沒有要對她怎樣，只會是個強大慘烈的震撼，就這樣。她對我做的事情嚴重更多。」怪獸讓克蘿黛特的臉「痛苦」抽動，然後舉起一邊翅膀到淤青的眼睛那裡。貝瑟妮先是因為憐憫而同情，然而她一看到如今僅剩的朋友遭受如此對待，怒火再次燃起。

葛洛麗亞必須學到教訓，而克蘿黛特從來沒有給出錯誤的建議，因為牠是這麼善良又有智慧的鸚鵡。貝瑟妮決定放開顧忌。

「好吧，既然你說會成功，我相信你。我們走吧。」她說。

貝瑟妮走進廚房，將老鼠和摺起的滑板車塞進背包。她走去關掉收音機，那時又開始播送〈颶風野餐〉。

「把那個關掉——馬上！」怪獸怒斥。

貝瑟妮注意到，克蘿黛特的一隻眼睛開始從黑色閃回藍色。

「可是，我以為你很喜歡這首歌。你說過你聽到這首歌時，覺得——」

「我說馬上！」怪獸怒吼。

牠蹣跚走到收音機那裡，越接近那個噪音，越是難受得臉孔扭曲，接著牠用克蘿黛特的鳥爪將收音機掐爆。在後續的寂靜中，克蘿黛特的眼睛又變回黑色。

「我再也受不了那首歌了。」怪獸說。

「這樣今晚的秀怎麼辦？〈颶風野餐〉那麼適合用來收尾。」貝瑟妮問。

「別擔心，我的孩子。我有更令人屏息的終場表演。」怪獸說。牠在貝瑟妮上方盤旋，讓克蘿黛特的腳爪懸在最方便抓取的位置。「好了，閉上嘴巴，出發吧。」

怪獸露出笑容，帶著貝瑟妮飛出房子。這一回，那抹笑容真的讓克蘿黛特的嘴喙裂開了一角。

20 一飛沖天的整人大王

貝瑟妮一步登天——這不是暗喻。

她飛得比以往都高，因為怪獸在牠的新身體裡變得狂妄起來。通常，克蘿黛特會一直貼近地面，好確保貝瑟妮的安全，可是怪獸沒有這樣的顧慮。牠在溼軟的雲朵之間穿梭翱翔，偶爾快速旋轉，扯開克蘿黛特的嗓門高唱吵鬧的歌曲。

從這個高度看，街坊感覺好渺小、好可悲，有如隨時會被壓垮的玩具

城。貝瑟妮俯瞰它的時候，覺得自己就像手邊漫畫裡的超級英雄。下面那些人現在排擠她，但他們不久就會明白自己應該把她當朋友，而不是與她為敵。

貝瑟妮越是思考關於葛洛麗

亞的行動，就越喜歡。說到底，誰叫她攻擊克蘿黛特，這是她應得的最小懲罰了。貝瑟妮本以為自己會緊張，但她飛向孤兒院時，竟然覺得美妙極了。

就在這個時候，怪獸突然鬆

爪拋下她。

從高處被拋下這樣的小事情，對人心情的影響大到令人驚奇。轉眼，貝瑟妮的情緒不再高昂。她穿越空中不停墜落時，街坊似乎沒那麼可悲或像玩具城了。街道逐漸恢復成正常的尺寸，嚇壞了她；她拚命放聲尖叫，透過叫聲分享她對這個地方的新觀點。

她正要被圖書館的尖頂刺穿時，怪獸用克蘿黛特的爪子一把撈起她。

「你剛剛幹麼那樣啊？」貝瑟妮尖叫。

「我想說會滿好玩的嘛。」怪獸說。

貝瑟妮好奇，如果自己早知道會被救起來，是不是就會好好享受這個過程。兩個星期前，在其中一個桶子清單日，她要艾比尼瑟帶她去坐雲霄飛車，她愛極了，雖然事後艾比尼瑟抖了好幾個鐘頭。

「再來一次，」貝瑟妮說，「這次要飛更高。」

怪獸聳了聳克蘿黛特的翅膀，帶著貝瑟妮越過雲層，飛得更高，然後再次拋下她。這一次，她發出歡喜的尖叫。

在飛往孤兒院的路上，這遊戲反覆了好幾遍。貝瑟妮玩得很愉快，因為她知道克蘿黛特永遠都會接住她，而怪獸津津有味的想著，貝瑟妮隨時都會摔成一團爛泥。

在尖叫聲之間的空檔，怪獸和貝瑟妮會往下偷看正要前往劇場的群眾。不少人都興奮的聊著即將到來的晚間活動。如果是前一天，貝瑟妮會很想加入他們亢奮的閒聊，但現在她只期待摧毀他們的快樂。

怪獸將貝瑟妮放在孤兒院對面，然後拍拍翅膀準備飛走。

「嘿！你要去哪裡？」貝瑟妮大喊。

「你還要幹麼，是想要點心嗎？」怪獸問。牠朝空中舉起一隻克蘿黛特的鳥爪，臀部噴出臭烘烘的淡灰色鳥蛋。蛋裂開的時候，整條街道都是餿掉牧羊人派的臭氣。「我必須去劇場架設攝影機，因為我要把演出直播給某個特別的人。你一定有辦法自己把葛洛麗亞帶過來。」

怪獸說完逕自飛走，貝瑟妮沒辦法追問直播或特別貴賓的事。她越過馬路，推開孤兒院生鏽的大門。

葛洛麗亞正在前側草坪上做最後的搶秀彩排。這裡沒有舞臺，但無所謂，因為葛洛麗亞用提摩西的背就滿足了。她用踢踏舞鞋沿著他的脊椎刮下，對著麥克風高喊她的回應。

「這次我唱彈弓歌的時候，要聽到更多掌聲！」葛洛麗亞對著孩子們吼道，孩子們因為鼓掌過度而雙手紅腫。她從戲服背後抽出貝瑟妮的彈弓，揮來揮去。「如果你們不露出更欣賞的模樣，我就要再做一次激勵練習！」

「喔，拜託不要，葛洛麗亞。」被迫坐在第一排的傑佛瑞說，「上一場遊戲裡，可憐的艾美差點失去一顆眼睛。」

「好吧，那你們打算怎麼做啊？」葛洛麗亞充滿期待問道。

孩子們再次為葛洛麗亞鼓掌，每次紅腫的掌心只要互碰，就會痛得面容扭曲。葛洛麗亞多此一舉的深深鞠躬幾次，彷彿剛剛做完這輩子最精采的演出。貝瑟妮覺得介入的時候到了。

「喂，葛洛麗亞！給我過來這裡。」她喊道。

葛洛麗亞鞠躬到一半停下，高傲的看著貝瑟妮。

「誰敢打攪正在忙碌的明星？」葛洛麗亞問。

「我，看不出來嗎？你是有多遲鈍？」貝瑟妮說。

傑佛瑞站起來，對貝瑟妮微笑。他開始用雙手揮了揮，然後又覺得不妥，將雙手塞回他劇場長褲的口袋。

「這就對了，這還差不多！」葛洛麗亞指著傑佛瑞說，「站起來揮手正是我們想看到的。」

疲憊的孩子們憤恨的瞪了傑佛瑞一眼，然後慢吞吞的站起來，陸續舉起雙手揮了揮。葛洛麗亞又深深一鞠躬。

「其實，我是要跟貝瑟妮打招呼。」傑佛瑞嘀咕。

葛洛麗亞用踢踏鞋使力踩向提摩西。

「那就快點。」她說。

傑佛瑞咳了咳，手指把弄著針織套衫，然後說：「哈囉！你覺得最新一期的《烏龜督察》怎麼樣？」

貝瑟妮不敢相信，傑佛瑞明明討厭她，還好意思跟她互動。她覺得他活該被三隻老鼠攻擊，而不是兩隻。

「我還沒看你的蠢漫畫，所以你可以滾開了。」她說。傑佛瑞悶悶不樂，低頭望著自己的針織衫。貝瑟妮接著說：「來吧，葛洛麗亞，有人派我來帶你去劇場。」

葛洛麗亞的雙眼一亮。「劇場?」

「嗯，柯薩克夫婦真心想見你。」貝瑟妮說。

葛洛麗亞的雙眼更亮了，亮到似乎有爆出火焰的危險。「你是說我這一次什麼都不用搶了?他們真的想見我?」

貝瑟妮看到葛洛麗亞因為她的謊言如此開心，從肋骨下方升起前所未有的罪惡感。她從背包裡拿出銀色繩子時，試著把那種感覺拍掉。

「你爸媽要我把這個綁在你的手腕上，我不知道為什麼。」貝瑟妮說。

「這是實驗劇場，貝瑟妮。我不期待你會懂。」葛洛麗亞一邊用做作的語氣說，一邊從提摩西背上走下來，「顯然我要在今天晚上的表演裡扮演非常重要的角色。」

貝瑟妮試著綁個鬆鬆的結，不過那條繩子另有想法，自己將葛洛麗亞的手腕纏得緊緊的。她帶著葛洛麗亞到滑板車那裡，打開最低的速度設定，因為她不希望葛洛麗亞摔到路上，處理起來會很麻煩。

貝瑟妮原本在飛行的時候，還以為這個時刻會感覺很美妙，但現在隨著罪惡感越來越強烈，她卻發現自己好彆扭。她們衝出孤兒院時，她提醒自己，葛洛麗亞是罪有應得。

21 傷人的記憶

艾比尼瑟不曾這麼討厭一件衣物。十八世紀有段時間，他曾對當時流行的某種帽子風格強烈反感，但那完全比不上他此刻對黃金鈕釦襯衫的恨意。

那件襯衫逼艾比尼瑟觀看連上回憶之書的電視螢幕。每當他試著開口講話要壓過那些記憶時，襯衫就會勒住他的頸子；每當他想把頭從螢幕前撇開，襯衫會在他的胸口施壓，或惹他皮膚發癢。

那本書把怪獸相關的快樂回憶都播完了，所以它開始重播。例如怪獸模

仿維多利亞女王的片段，這還算有趣；或是在怪獸的幫忙下，艾比尼瑟成為第一個在爵士樂和華麗長褲的年代裡，打扮得最光鮮的男人；還有怪獸在戰爭時期吐出防砲彈的百葉窗，保護這棟房子；以及為了確保這棟房子跟得上迪斯可時代，怪獸吐出閃閃發亮的大型手提卡帶收音機。這本書甚至一路呈現到幾星期前，怪獸嘔出寶寶平臺鋼琴的那一刻。

幾天前，艾比尼瑟頭一次看到這些回憶時，暗暗感到亢奮，現在這些回憶卻令他心生厭惡。沒有什麼事能像綁架和折磨那樣，讓你不再喜歡某人。

艾比尼瑟滿腦子都是帶著貝瑟妮遠走高飛，離怪獸越遠越好。唯一能讓他逃離的機會，似乎就是克蘿黛特在地板上留下的爪痕。那些爪痕寫著：

它們是你的回憶。用出來吧。

起初，艾比尼瑟以為這訊息只是怪獸的殘忍把戲，可是他越看越覺得這可能來自克蘿黛特——或者說，是殘存在怪獸裡的牠。

艾比尼瑟試了又試，思索要怎麼使用自己的回憶逃出生天，卻怎麼都想不通。他非常氣惱，因為他很清楚，如果他不找到拯救貝瑟妮的方法，今後絕對無法面對自己。現在全世界他最想做的事，莫過於再次見到她。

艾比尼瑟正在思考自己有多想念貝瑟妮時，回憶之書裡的影像開始改變，不久，電視螢幕上滿是她的影片。但因為回憶主題不再是怪獸，內容變得很不討喜。

書中呈現艾比尼瑟從孤兒院接走貝瑟妮的過程，當時她出言侮辱他的口哨聲，弄亂他的房子，要求只吃巧克力蛋糕。然後它展示貝瑟妮怎麼用這個巧克力蛋糕，在屋裡他最愛的畫作上塗鴉。有很多影片都是貝瑟妮用迷人的稱呼來罵他，像是「笨蛋」、「傻子」、「欠揍臉」。這本書也提醒他，只要貝瑟妮嘗試逼他做某件事，打亂他的輕鬆生活，他就會湧現暴躁感。

儘管回憶之書下了好些功夫，讓艾比尼瑟看到貝瑟妮最惡劣的表現，他獲得的喜樂，仍遠遠勝過於觀看怪獸那些噁心透頂的歡樂時光。怪的是，貝瑟妮的影片似乎對襯衫和其他物品產生了影響。目睹艾比尼瑟和貝瑟妮的友誼，讓它們侷促得扭動不停，惶惶不安。就像艾比尼瑟嘗試做好事時，回憶之書和襯衫的反應——怪獸吐出的物品似乎都不喜歡待在任何美好或純粹的事物附近。

艾比尼瑟望著貝瑟妮的臉，雙眼盈滿淚水，不過接著螢幕又開始改變。他以為電視會換個不同的壞貝瑟妮回憶系列，可是出現的卻是怪獸。

怪獸從劇場更衣室現場直播，直直望著牠為自己架設的鏡頭。艾比尼瑟看到克蘿黛特的嘴喙歪了一邊，身體傷痕累累、淤青遍布，羽毛從牠身上不停飄落，好似玫瑰凋萎的花瓣。

「我為我的外表致歉。這個樣子不會維持太久。」怪獸說，「很快，我就會恢復往日美妙的形態，可是我目前會盡可能維持鸚鵡的外表。吃掉貝瑟妮時，還頂著她唯一朋友的樣貌，會是多麼棒的巧思啊，你不覺得嗎？」

艾比尼瑟使勁跟襯衫角力，乾啞微弱的聲音叫喊著。

「什麼？」怪獸問，把克蘿黛特的耳朵湊向鏡頭，「你在懇求我提供獨家的彩排導覽嗎？」

怪獸用克蘿黛特的翅膀撈起攝影機，走上舞臺，閣樓裡的螢幕起了波浪，畫面搖搖晃晃。怪獸搖攝鏡頭拍舞臺上的環繞全景，展示布幕後方的那架寶寶平臺鋼琴。

「我要鋼琴自己從鳥店老闆那裡走過來，這會替今天晚上增添一些光彩。」怪獸說。

怪獸再往舞臺邊走去。艾比尼瑟聽到現場觀眾興奮的熙熙攘攘，接著怪獸將攝影機從布幕之間伸出去，他看到了他們的臉龐。

看來街坊的每個人都擠進了柯薩克劇場，整個空間嘎吱作響。艾杜瓦多跟他的爸媽柏納克夫婦坐在前排，他正穿著絢麗的新襯衫，用艾比尼瑟的錢買的。隔了幾排，蜥蜴女士和賈瑞德．克托弗雷奇坐在一起，柯薩克夫婦則坐在往後幾排的位置。鳥店老闆坐在樓上，懷裡抱著鴿子凱斯，跟麻朵小姐針對她的歡樂麥芽堅果討價還價。

「看看他們大家，」怪獸說，「他們來到劇場想過個難忘的夜晚，老天，我們就讓他們如願以償。等貝瑟妮帶葛洛麗亞穿過那幾扇門走進來……」

艾比尼瑟大喊大叫，再次跟那件襯衫角力。

「噓，噓，別擔心，我知道你也急著想讓表演登場。」怪獸透過克蘿黛特搖搖晃晃的嘴喙，得意的笑著說：「我保證秀一開始，就幫你恢復連線。」

怪獸由克蘿黛特的嘴喙送了枚飛吻，接著關掉了攝影機。

閣樓的電視螢幕變得空白，過了幾分鐘，又閃了閃活過來，傳送更多回憶之書的影像。最新的影片，是貝瑟妮在道歉派對後，對著艾比尼瑟吼叫。

艾比尼瑟再次看向克蘿黛特留下的訊息：

它們是你的回憶。用出來吧。

有個點子在他的腦海浮現。他閉上眼睛，集中心神回想與貝瑟妮的真實回憶——呈現兩人真心友誼的那些。

他想到他們一起度過的第一個桶子清單日，當時他們開了白金漢宮騎兵衛隊的玩笑。他想到幾天前，他們以為行善就是喝濃湯和洗衣服，後來發現是誤會一場，哈哈大笑。他想到她擺出他最愛的漫畫，還有她教他怎麼在麵包上抹奶油與摺餐巾。他想起他們共度的最近一個美好時刻，那時他告訴她，自己無意間做了點善事。她看著他，表情那麼引以為傲、那麼驚訝。

艾比尼瑟睜開雙眼，看到電視現在播出她當時的神情。不久之後，他剛剛重溫過的其他記憶都開始在螢幕上閃現。

怪獸嘔出的物品原本就連看到艾比尼瑟和貝瑟妮友誼的糟糕時光，都不怎麼喜歡，更別提它們對這兩人的美好時光更是反感到不行。

襯衫彷彿對電視起了過敏反應，鬆開了艾比尼瑟的身體。艾比尼瑟使盡全力扭動，將襯衫從胸口扯開，黃金鈕釦噴散開來，滾了一地。

不久，其他物品也產生類似反應。回憶之書爆出藍色火焰，火焰波及自我裝飾的耶誕樹，耶誕樹繞著樹幹轉動枝椏，有如失控的鏈鋸。接著火焰又蔓延到其他物品——橡膠鴨子拉斐爾融化了，那套太空裝像死去的星辰般漸漸消失，連電視本身都裂開來，彷彿再也無法忍受放映這類影像。

整個閣樓烈焰四起，但藍色火焰來得快也去得快，儘管怪獸物品被燒毀，現實中卻沒有其他東西著火，好似它們莫名的再也無法影響真實器物。

艾比尼瑟從未想過，向怪獸的禮物告別會讓自己這麼開心。他衝過房間，隨手猛力甩上閣樓的門。他快步衝下每層樓，滑下樓梯扶手。到了一樓時，詫異的聽到門鈴響起。

他懷抱希望以為門的另一邊是貝瑟妮，但開門卻發現是庫林可先生。老先生穿著破舊的紅西裝，事先擦亮了自己的枴杖。車道盡頭，護士敏蒂正在車上等待。

「你看起來好慘。」老先生說。

「我沒心情打扮。」艾比尼瑟啞著嗓子說。

「喏，吃顆這個吧。」老先生在口袋裡摸找，最後找到了一盒喉糖。

被勒了一整天的頸子之後，艾比尼瑟不覺得喉糖能發揮多少功效，可是才吸吮幾口，喉嚨竟得到澈底的緩解。他又能以正常的音量說話了，脖子周圍的淤青開始褪去。

「這是魔法糖果嗎？」艾比尼瑟說。

「別荒唐了。是科學糖果。朵莉思替我製作的。」他上下打量艾比尼瑟，然後用有點受傷的語調問：「你忘記我們有約了，對吧？」

「不，沒有，當然沒有。唔，其實，對——抱歉，我有點走不開。」艾比尼瑟說。

「我不在乎。你答應要帶我去劇場的，我眼巴巴期待了一整天。」老先生說，「套件襯衫，準備好後跟我會合。要是錯過開場，我心情會很壞。」

22 表演前的焦慮

「能不能請你鬆開這條繩子？」葛洛麗亞問，「沒有豐富的手勢，是沒辦法表演的！」

大約再五分鐘就要到劇場了。貝瑟妮依然將滑板車設定在最低速，這代表有幾輛車會超過她們。她們甚至被孤兒院的巴士超前，滿載的巴士上坐著提摩西和其他孩子。

葛洛麗亞通常會為了這種事鬧得不可開交，但因為貝瑟妮跟她說過的

話，她正處於夢幻般的好心情。

「媽咪和爹地真的說他們想見我嗎？」葛洛麗亞問，她們這時繼續朝著劇場衝刺，「他們實際上怎麼說？」

「其中一個說，他們想見你，另一個說，嗯，好啊。」貝瑟妮說。

「嗯，好啊……他們能這樣說真好。」葛洛麗亞說完，嘆了口氣，「他們的臉呢？他們說想見我的時候，是什麼表情？」

「不知道。看起來就像正常人說正常話。」貝瑟妮說，還在跟陣陣罪惡感交戰著，「不要再問笨問題了。」

「別用那種語氣對我講話。需要我提醒你，我是藝人，而你是司機嗎？只是因為你爸媽在火災的時候死了，也沒必要這麼尖酸。」葛洛麗亞說。

「我寧可爸媽死掉，但是愛我；也不要爸媽活著，可是不在乎我。」貝瑟妮說。

她說完立刻後悔，因為跟人爭辯時，有時候輸比贏更好。貝瑟妮希望葛洛麗亞會用更難聽的話來回擊，可是她得到的卻只有沉默。

「你活該罪有應得啦。」貝瑟妮說。她試著對上葛洛麗亞的眼睛，但後者別開了臉。

「我應得的，只有粉絲的起立鼓掌和花束！」葛洛麗亞喊道。

「不。你應得糟糕更多的東西。」貝瑟妮說。她試著說服自己，自己做的事情還是對的。「如果你對孤兒院的人好一點，也許就會有更多仰慕你的粉絲。」

「你在說什麼啊？其他的孩子愛死我了！」葛洛麗亞說。

「對啦，跟你爸媽愛你的程度差不多。」貝瑟妮說。

再一次，貝瑟妮因後悔而難受至極。對敵人殘酷，就像砍掉自己的手臂，好拿來攻擊敵人——最後只會為自己帶來更多傷害。

「我不知道你這麼討人厭。」葛洛麗亞說。

「其實，一直到最近，我都努力要成為更好的人。」貝瑟妮說。

「看來沒什麼作用。」葛洛麗亞說，「你說孩子們不喜歡我，是什麼意思？我慷慨撥出自己的時間。沒有多少明星會願意讓觀眾在他們的職涯裡扮演這麼重要的角色。」

「你拿著彈弓追著他們在孤兒院裡跑吔。」貝瑟妮說。

「那是方法表演！」

「你逼他們用寶座扛著你走來走去。」

「我讓他們參與我的藝術歷程！」

「為了替你鼓掌和準備你荒謬的戲服，他們的手都受傷了。」

「他們沒學會怎麼縫紉或是怎麼鼓掌，又不是我的錯。我認為，他們最後學到了終身受用的寶貴技能。」

貝瑟妮納悶，葛洛麗亞難道不知道大家多討厭她嗎？貝瑟妮開始同情她，可是接著又想起最初載她去劇場的緣由。

「我的道歉派對……你阻止大家來參加。」貝瑟妮說。

「什麼派對？」葛洛麗亞問。

「少裝傻。」貝瑟妮說。

「我才沒裝傻，」葛洛麗亞說，「從來沒人邀我參加派對。我想那是因為，大家覺得像我這樣的大明星不會答應。但其實我很樂意參加，多多益善，派對的人群可以給我一個完美的機會，練習我的歌曲和舞碼。」

貝瑟妮轉過頭去。葛洛麗亞演技很差，那就表示貝瑟妮應該能夠判斷她有沒有說謊，然而後面那人一臉嚴肅。

「才怪，你明明知道我在說什麼。你接下來是不是要說你沒痛扁克蘿黛特一頓？」貝瑟妮說。

「痛扁克蘿黛特？我絕對不會痛扁任何人——即使是劇場評論家也一樣。」葛洛麗亞說，「我可不敢冒險，免得傷了我這雙美麗的玉手。我說過，手勢對我的表演過程來說非常重要。」

她們離劇場越來越近，貝瑟妮再次回頭瞥她一眼。貝瑟妮看了看葛洛麗亞的雙手，如果她當初真的對克蘿黛特的嘴喙出拳，肯定會留下割傷或淤血，但卻沒看到任何證據。

「手勢對我安排的彈弓歌來說特別重要，你想聽聽看嗎？」葛洛麗亞問。

貝瑟妮將滑板車的把手抓得更緊，試著思考這一切的含義。葛洛麗亞說的顯然是實話，但不可能啊，因為這表示克蘿黛特一直以來都在說謊。

「你當然想聽了。那麼，我要唱嘍。我唱到副歌的時候，你想像一下我跳著優美的踢踏舞。」葛洛麗亞自己接話，「**貓咪喵喵叫，我的彈弓讓你哎喲叫。如果有貓被我的彈弓射到，牠就會喵喲喲喲……**唱到喵喲喲喲的時候，我希望觀眾跟我一起唱。你喜歡嗎？」

「一點都不喜歡。」貝瑟妮說。

她試著把滑板車轉向，想遠離劇場，但滑板車另有想法。它將輪子直指劇場，並把速度調到最快。

「這還差不多！」葛洛麗亞吼道。她又吼了一些話，但因為她們如此高速的穿梭在空氣中，貝瑟妮一個字也聽不到。

滑板車一直到她們進入柯薩克劇場大廳，才放慢速度。她們就停在麻朵小姐的糖果攤旁邊。葛洛麗亞從滑板車上跳下來，深深一鞠躬，並通知麻朵小姐，等手上的繩結在演出後解開，很樂意為她簽名留念。

「是你？」麻朵小姐說。令葛洛麗亞心煩的是，麻朵小姐講話的對象是貝瑟妮。「真不敢相信你還有臉來這裡！」

「抱歉，麻朵小姐，可是我沒時間——」貝瑟妮開口想解釋。

「對，想也知道你們是該『抱歉』，你和你的鸚鵡，」麻朵小姐說，「接下來幾個星期，我都要忙著把青蛙和紫色羽毛清出我的糖果店。」

「紫色羽毛？在你的糖果店？」貝瑟妮問。她覺得四周的世界崩塌下來。

「呃，這些都很有意思，可是我有秀要登場，」葛洛麗亞說，「我先告退了——嘎啊啊啊！」

葛洛麗亞發出嘎啊啊啊的叫聲，是因為銀色繩子開始拖著她穿過走道，前往舞臺。貝瑟妮追了上去，一

臉困惑的厤朵小姐從後面跟上來。

觀眾自然以為，這個奇怪的行為是開場表演的一環。柯薩克夫婦將燈光轉暗，大家開始鼓掌，發出興致高昂的吶喊。

葛洛麗亞被那條銀繩拖著前進，最後來到舞臺正前方。她被轉過來面對綠色天鵝絨簾幕。

觀眾的吶喊和歡呼平息之後，布幕緩緩打開。舞臺地面鋪滿羽毛，多到可以填滿一座枕頭工廠，在鋼琴前面站著一隻半鸚鵡、半怪獸的醜惡生物。該有腳的地方，剩下爪子；該有嘴巴的地方，剩半個鳥喙。牠有一半身體布滿羽毛，另一半則是一團灰灰軟軟的東西。

「晚安，各位先生、各位女士。歡迎來看我的秀！」怪獸說，「我希望你們都坐得舒舒服服，精采絕倫的秀即將登場。」

「喔，不，克蘿黛特……」貝瑟妮說。

23 尖叫劇場

怪獸跳上寶寶平臺鋼琴，嘔出了一把老派的麥克風。觀眾再次吶喊和歡呼，心想這是演唱會的一部分。傑佛瑞甚至站起來鼓掌，因為他恰好對魔術非常著迷。

鋼琴彈了點輕快的爵士，怪獸對著麥克風用輕柔滑溜的嗓音說話。

「各位先生、各位女士，這場表演的精華會稍作調整。」怪獸說，在屬於鸚鵡那側身體的翅膀掉落下來，長出小小的怪獸手臂。「我知道今晚的所有海報，都預告了一場派崔克盛會，可是我決定把今晚焦點完全放在另一個人身上。各位先生、各位女士，請歡迎獨一無二的貝瑟妮來到劇場！」

怪獸用新長出來的手臂指著走道，劇場的聚光燈轉而將明亮熾熱的燈光照進貝瑟妮的眼睛。觀眾再次鼓掌吶喊，儘管他們目前都不是那麼喜歡她。

貝瑟妮將一手舉到臉前——部分為了擋開聚光燈，但主要是因為她不忍心看到克蘿黛特變身成怪獸。克蘿黛特一直是她所認識最了不起的鸚鵡，也最有智慧。更重要的是，她只有三個朋友，而克蘿黛特是其中一個，她不敢相信自己竟然忽略了克蘿黛特變身的跡象。

「謝謝你們的熱忱，各位先生各位女士，不過你們在興奮之中，恐怕發出了錯誤的聲音。」怪獸說，悲傷的搖了搖半羽毛、半軟團的腦袋，「貝瑟妮這樣的女孩不應該得到掌聲和歡呼。你們一旦看到她隨身帶了什麼來，一定會同意，噓聲和嘶聲更適合她。把你背包的拉鍊拉開，讓這些可愛的人們瞧瞧，貝瑟妮。」

貝瑟妮感覺整個劇場的人都在看她。不久，整個劇場都起鬨要她公開背包裡的內容。連傑佛瑞都參與其中，因為他以為貝瑟妮很清楚怪獸在開什麼玩笑。

「你逃不了了，貝瑟妮。你乾脆現在就公開自己的真相吧，省得我走下舞臺，親自動手。」怪獸說。

貝瑟妮聳肩抖下背包時，覺得自己都不像自己了。這些怪獸帶來的真相深深震撼了她，讓她覺得自己像是被掏空的軀殼，比較像傀儡而不是真人。

老鼠和鼻夾滾了出來。她以怪獸陰謀的角度，用新的眼光看待過去那幾天。她看出這一切都是預謀好的——道歉派對、麻朵小姐糖果店的青蛙、葛洛麗亞的「大震撼」，還有派崔克盛會本身，全都經過設計，就為了成就這個時刻。

「觀眾當中有些人可能聽過，她已經放棄她的壞習慣，可是我在這裡要告訴你們，實情並非如此。」怪獸說，「你們看到那些老鼠了嗎？她今天把它們帶來這裡，就是為了用超級臭氣彈攻擊你們每個人！」

賈瑞德．克托弗雷奇從座位上站起來，透過金牙啐了一口。

「是真的！」他說，「她是從……某家我知道的店買到的……我真不敢相信她要拿它們來對付我！」

「真耐人尋味，」怪獸說，歡喜的發出呼嚕聲，「告訴我，從貝瑟妮背包滾出來的，還有什麼有意思的東西？」

每個觀眾都轉身去看散落在走道上的物品，而麻朵小姐最先看出怪獸在講什麼。她彎下身子，拾起那張撕下的紙張，上頭印著衛生稽查員的號碼。

「好了，貝瑟妮，你要這號碼做什麼？」怪獸問。

「表演完以後，我要把老鼠帶到糖果店去。」貝瑟妮說。她一臉茫然的

說著，彷彿朗讀一本單調的地理課本，她知道自己被打敗了。「我要打電話給衛生稽查員，他們會在麻朵小姐還來不及應付以前，在店裡看到老鼠。」

「貝瑟妮！你會害我失去我的糖果店！」麻朵小姐說。

「我沒想到那一點。」貝瑟妮說完垂眼看著鞋子，因為在坦承那些壞事之後，她無法忍受跟別人正眼相對，「我只是想讓你知道，被冤枉栽贓是什麼感覺。」

劇場裡的每個人現在都完全按照怪獸的提議，發出噓聲和嘶聲。不僅如此，還有更多觀眾站起來指認貝瑟妮的惡形惡狀。

「她還想到我的店裡當志工呢！」鳥店老闆說，鴿子凱斯發出噓聲表示同意，「搞不好也打算對我做出類似惡劣的事。」

「她和她朋友賣了件襯衫給我，結果那件襯衫想殺掉我！」艾杜瓦多・柏納克大喊。

「她叫葛洛麗亞・柯薩克用彈弓射我！」提摩西說。

「有很多大象便便從我的動物園失蹤了！」蜥蜴女士啞著嗓子說，在觀眾席引發一陣困惑，因為她沒頭沒腦憑空飛來一筆。

怪獸大大張開克蘿黛特的嘴喙，吸進眾人投向貝瑟妮的怨念，隨著每段可怕的發言而變得更壯大。牠熱愛將整批觀眾玩弄在牠的迷你股掌之間。

「這些惡作劇只呈現了她一部分的可怕本性，我現在要告訴你們的，會

讓你們震撼到骨子裡。」怪獸說。

牠扭了扭手指，讓銀色繩子將葛洛麗亞拖上臺。

「貝瑟妮討厭這個女孩。事實上，討厭到提議我應該在演出期間拿她來當零嘴。」怪獸說，觀眾席爆出不少倒抽一口氣的聲音。葛洛麗亞恍然大悟，下脣開始顫抖，原來她爸媽根本沒有想見她的意思。

「想當然，我說我怎麼也不會想做這種事。可是貝瑟妮就是不肯聽，硬要把她帶來給我。為了要我配合，她甚至痛扁我一頓。」

「不——那不是真的！我沒有……」貝瑟妮開始說，但句子還沒講完就消失在她嘴裡，因為她知道不管說什麼都沒有差別。

柯薩克夫婦從他們在劇場後側的座位站起來。

「請不要吃我們的女兒！」柯薩克先生說。

「對啊，這樣可會重創我們劇場的聲譽！」柯薩克太太說。

他們再次坐下，覺得自己的責任已了。接著怪獸又扭了扭手指，將葛洛麗亞往牠的嘴巴拖得更近，她一路放聲尖叫，抵抗銀色繩子拖行。

「各位先生女士，我不確定你們怎樣想，可是我想貝瑟妮活該為了她的行為得到某種懲罰……」

觀眾發出贊同的吼叫。

「她必須學到，傷害這個鄰里的人，別想逍遙法外……」

觀眾吼得更大聲。鴿子凱斯用前所未聞的方式發出咕咕聲。

「……那就是為什麼，各位先生、各位女士，我要活活吃掉她，就在這座舞臺上，就在今天晚上！」

怪獸展開小小的手，準備沐浴在正氣凜然的如雷掌聲中。不過，觀眾立刻停止吼聲和噓聲，怪獸以為他們沒聽到牠絕妙的提議。

「我剛剛說，**我要活活吃掉她！**」牠再次用雄渾的聲音說。

劇場持續寂靜無聲，比起人去樓空的圖書館更安靜，很多人驚恐的張開嘴巴。

「喔，別這樣，不要突然變得軟弱。」怪獸說，牠討厭觀眾逐漸脫離牠的掌握，「我們都知道她咎由自取。」

貝瑟妮往前一站。整個劇場似乎只有她還說得出話來。

「對。絕對是，」她說，「如果你讓現場的其他人離開，我就不會抵抗。」

貝瑟妮走向舞臺。面對這樣無私的表現，臺上那個生物屬於鸚鵡的那側身體開始抽搐。

「不，不要這樣。不准你把這件事變成某種善舉。」怪獸說。貝瑟妮順著走道走得越近，怪獸抽搐得越厲害。「你很邪惡！你就跟我一樣。我剛剛證明了！」

觀眾開始交頭接耳。貝瑟妮也許滿煩人的，可是連蜥蜴女士都質疑她是否惡劣到該被活活吃掉。

「喔，可惡，請快住手！」傑佛瑞說著便站起來，「貝瑟妮不應該被——」

鋼琴頓時停止彈奏，怪獸透過克蘿黛特的殘喙咆哮，牠嘔出一把大大的黃傘，讓它飛到傑佛瑞的頭頂上方。

「在劇場裡講話的人活該被化成水灘。」

雨傘在傑佛瑞頭頂上方展開，將他蠕動的身體往上吸，再次闔了起來。幾分鐘過後，它透過傘柄啐出了一灘水。

「不！」貝瑟妮喊道。她痛哭流涕，拔腿衝向那灘水，因為她世上唯三朋友的第二個被怪獸殺死了。她覺得都是自己的錯。

怪獸的大黃傘在劇場裡飛來飛去，驚叫聲此起彼落。「閉嘴！」怪獸怒吼，「企圖離開的人都會被化成水灘。」

觀眾坐在位子裡，嚇得魂飛魄散。他們沒有真的閉嘴，但勉強降低尖叫音量，變成低沉嗚咽、悶聲抽泣。

「好了，我要吃掉貝瑟妮了。你們每個人都要替我打氣！」

怪獸扭扭手指——繩子從葛洛麗亞的雙手上滑開，捆住了貝瑟妮的雙手。貝瑟妮被拖上舞臺，她使盡全力想掙脫。

「我說要**打氣**！」怪獸說。

觀眾發出微弱的歡呼，雖然他們一點都不歡喜。怪獸把貝瑟妮拖向嘴巴，兩根黑舌頭繞住克蘿黛特的嘴喙，將它扯掉，這樣要吃貝瑟妮會比較方便。

「各位先生、各位女士，我打算再問你們一次，如果你們在乎自己的人身安全，就會用最大的音量喊出答案。」怪獸說著將貝瑟妮轉過身去，好讓她聽到觀眾呼喊著要她的命，「我現在是不是應該活活吃掉貝瑟妮？」

「不應該！」其他人都還來不及開口，劇場後方便傳來一個人聲。

聲音的主人踏進聚光燈裡，這個男人老得不可思議，卻又青春得不得了，上身穿著匆匆套上的睡衣，搭配相當細緻的長褲。

「不應該！」艾比尼瑟．杜威色再次說，「馬上停下這整件事！我不會讓你再傷害任何人。」

24 化為水灘

「哪個男孩這麼聰明啊？」怪獸裝出最像鸚鵡的語氣說，「你真的全靠自己，突破了閣樓的禁錮嗎？我佩服得不得了呢。」

雖然艾比尼瑟的喉嚨已經舒緩，身體依然布滿傷痕和淤青。貝瑟妮看到他時恍然大悟，原來他不曾拋棄自己，原來這也是怪獸的可怕陰謀。

「快跑啊，艾比尼瑟，已經太遲了！」她大喊。她不忍心看到她第三個，最後倖存，也是最重要的朋友被怪獸殺害。

「不准你把我親愛的男孩趕走，」怪獸說，「瞧瞧他，迫不及待想看他的怪獸大顯神威，我想他值得享有上等的座位。」

怪獸扭了扭手指，將大黃傘送到劇場裡最好的座位上方。坐在那裡的恰好是艾杜瓦多．柏納克，他就坐在爸媽之間，伴隨著他爸媽放聲尖叫，怪獸將他化成了水灘。

「好了，艾比尼瑟。要不要我嘔出一條毛毯，免得你的屁股弄溼？」怪獸說。

「住手——馬上住手！」艾比尼瑟說，大步穿過走道走去。

「喔，老天。你先是突破閣樓，現在又自以為是什麼英雄，是嗎？看來有人讀太多漫畫嘍。」怪獸悲傷的搖搖頭說，「不得不說，我還滿想看你有什麼打算的。那個撐枴杖的男人也是你安排的計畫嗎？」

怪獸望向艾比尼瑟背後。那位老先生動作遲緩，步履蹣跚的走進劇場，雖然艾比尼瑟明確交代過，要他跟著護士敏蒂回養老院去。

「我沒先安排什麼計畫就來了。我來是要跟你打個商量，」艾比尼瑟說，「咱們遠走高飛吧。就你跟我，我們馬上離開。」

「什麼？」怪獸說，淌著口水的嘴唇上浮現一抹得意的笑，使得更多羽毛從鸚鵡那側身體飄落，「你要我把辛勞工作的成果拋開？我何必那麼做？」

「因為我會再服侍你。」

「不管你喜不喜歡，你都會再服侍我。」

「不，我的意思是，我會做得心甘情願，就像貝瑟妮打斷這一切以前那樣。」艾比尼瑟說，「我知道無論我情不情願，你都可以透過動粗和霸凌，逼我聽令行事。可是你不會寧可避開那些麻煩嗎？如果你放她走，我保證我會是你有過最棒的僕人。我會帶餐點給你，而且不要求任何回報。像這樣的員工千載難逢。你也說過，到頭來服侍過你的其他人都很軟弱無能，主——主人。」

那抹得意的笑容更燦爛了，怪獸喜歡再次聽到「主人」這個字眼。

「不，艾比尼瑟！我絕對不要怪獸再當你的老闆！」貝瑟妮說。

「這件事你沒得選擇。我跟我主人講話的時候，請安靜。」他將注意力轉回怪獸，「想想看。你又不能留在這裡，這場秀會引來太多人關切——」

「別擔心這些人，反正我打算把他們全都化成水灘。」怪獸說。

觀眾對這番話的反應並不良好。

「對你來說，這一切太費功夫，」艾比尼瑟說，「要是我們現在就離開會輕鬆得多。我們可以走得遠遠的，早在任何追捕組織趕到這裡以前。我們可以有個新的開始，這樣不是很好嗎？」

「我想，在稍微炎熱一點的國家找個閣樓，會滿有意思的。」怪獸說，

「可是我不懂，你不想從我這裡得到任何東西？不要新的茶具組、可以穿來吹薩克斯風的華麗長褲？你以前會跟我索討的那些魔法玩意呢？」

「那些我都不需要，」艾比尼瑟說，「只要讓貝瑟妮活著，我就會服侍你到時間的盡頭。」

他看著貝瑟妮，貝瑟妮看著他。他們才認識對方不久，但兩人的友誼卻是艾比尼瑟漫長無比的人生中，所經歷過最重要的事情。如果這是他最後一次見到貝瑟妮，那麼他要她知道，她對他的意義多麼重大。

「是這樣的，主人。換個環境會很不錯，因為連我都變得有點軟弱無能了。」艾比尼瑟字斟句酌的說，「不知怎的，我對這位整人大王逐漸有了感情。她很愛使喚人，也從來不說『謝謝』，而且餐桌禮儀糟得像一頭疣豬，有如你明智的展示過，主人……她要成為好人的路還很漫長。不過，在她內心深處是真心想要變好，這其實是相當美好的事。」

怪獸忙著對「明智」這個恭維微笑，沒把艾比尼瑟真正在說的話吸收進去。觀眾全都豎耳聆聽著，用念力要艾比尼瑟別做什麼蠢事。

「我們以為你走了的時候，主人，貝瑟妮原本大可以為所欲為。她可以把每天過得像是桶子清單日，拿我的錢去做什麼都可以。或者可以成天發懶，啃漫畫、看電視。」艾比尼瑟說，「如果是我，就會這麼做，也不會有人因此責怪她，尤其她以前過得那麼辛苦。可是，她卻想補償自己過去惹出的禍事，想成為做好事的人。」

有幾個觀眾在座位裡不安的動來動去，鳥店老闆和鴿子凱斯對自己之前的作為和發出的聲音，特別過意不去。同時，怪獸屬於鸚鵡那側的身體開始微微抽搐。

「沒錯，她因為計劃復仇而功虧一簣，可是大家偶爾都會失敗，不是嗎？而且說到這點，我不確定，貝瑟妮是不是真有辦法澈底執行她規劃的惡作劇。因為想像卑鄙的事情比實際執行還要簡單許多。」艾比尼瑟說。

「最重要的是，她自己想要變得更好，也想幫忙其他人變得更好，甚至是我這個自私的欠揍臉，主人。」

貝瑟妮臉一紅，最後幾乎紫得跟怪獸身上紛紛落下的羽毛一樣。為了某種愚蠢的理由，她的眼睛也開始出水。

「夠了，艾比尼瑟。」怪獸說。牠的抽搐越來越明顯，就在這時，那把大黃傘搖搖晃晃，貝瑟妮手腕上的繩子開始鬆綁。

「那就是我的意思，主人。」艾比尼瑟說，「我們必須阻止我再跟她相處下去，因為她讓我變得太軟弱無能。想到不能再見到她，我就想哭，因為我會想念關於她的一切。見鬼了，但是我想我甚至會想念她的三明治。所以，這就是為何我們必須遠遠搬離這裡，主人。」

「我知道你在打什麼鬼主意。」怪獸說，牠的聲音失去平穩，因為屬於鸚鵡的那一側現在正失控的顫抖不停，「沒用的，牠的部分幾乎一點也不剩了。我的意思是，**什麼都沒有，牠一點都不剩了。**」

「牠現在是在演哪齣啊？」貝瑟妮問。

「克蘿黛特。」艾比尼瑟說。他現在語速飛快，不再用跟怪獸對話的輕柔語調。「如果我們可以找到方法，幫牠奪回自己的身體，那麼也許——」

「你們絕對幫不了牠的，艾比尼瑟！要把牠帶回來，需要的遠遠不只一場動人的演說。」怪獸說。

牠將抽搐的身體轉向貝瑟妮，扭了扭手指，張開嘴巴，最後卻只咬到自己滿嘴的嘔吐物，因為貝瑟妮已經掙脫了繩子的束縛。

「除了演說，還需要別的。」貝瑟妮自言自語，腦中思考什麼東西會有足夠的穿透力，可以抵達克蘿黛特那裡。當她領悟到自己該做什麼時，不自在的扭了扭臉。「喔，不，我不會唱歌啊。」

「咦？」艾比尼瑟說。他跳上舞臺，擋在貝瑟妮前面，免得怪獸對她下手。

「我講的是克蘿黛特最愛的歌曲，就是總是讓牠覺得，牠在世上無所不能的那首。」她說完後猶豫不決的唱起來：「**颶風來了，喔，可是影響不了我們……**」

艾比尼瑟想起怪獸說過，美好的歌曲對靈魂有什麼作用，於是跟著貝瑟妮一起唱下一句。

「**只要你在我身邊的時候，喔，煩惱煙消雲散。**」兩人一起唱和，艾比尼瑟揮動雙臂，要大家共襄盛舉。

倖存的柏納克夫婦是頭一個站起來的，因為他們急著做點事情，好報復殺害兒子的凶手。接著是葛洛麗亞．柯薩克，她在舞臺上用宏亮的聲音高歌。鳥店老闆和鴿子凱斯在下一句的中間加了進來。

「親愛的，我們來跳首華爾滋，高唱我們的歌……」

怪獸啐出銀色繩子，讓它追著貝瑟妮在劇場裡跑。怪獸宣布，只要有人敢再唱一個字，就要把他化成水灘。然而大家都看出了這首歌的成效，怪獸的威脅阻止不了更多歌聲加入。

「鋪開最棒的地墊，放上煮水壺……」

不久，連最猶豫的觀眾，像是蜥蜴女士和賈瑞德．克托弗雷奇，也一同合唱。部分為了拯救貝瑟妮，但主要為了拯救自己，逃離這個肆無忌憚，隨便就把人化成水灘的怪物。

這首歌受到克蘿黛特如此的珍視，加上觀眾冒著生命危險來唱，對怪獸來說簡直不堪忍受。

「什麼都傷不了我們，因為我們在一起……」

怪獸的手臂萎縮起來，化入軟軟的肉團，接著新羽毛、翅膀和嘴喙從肉團冒出來。鋼琴彈起五音不全的嘈雜曲調，想抵消旋律的力量，可是一件樂器抵不過整個劇場的人，他們為了保住自己的小命而歌唱。

「**就讓這場颶風持續吹下去！**」

大家再次唱起副歌的時候，克蘿黛特回來了。牠的胸膛壯碩起來，眼睛從黝亮的黑變成耀眼的藍，平日裡真正善良的神韻回到了臉上，但還沒完。怪獸之前濫用了牠的才華，現在該是牠以牙還牙的時刻。牠的腳爪一扭，就將鋼琴掐皺成一顆球，並且將黃色雨傘縮成了可以塞進小小雞尾酒杯的尺寸。牠舉起翅膀，將傑佛瑞和艾杜瓦多從水灘變回來——他們兩個都活了過來，因為之前被化成水灘，所以完全跟不上眼前的狀況。

同時，老先生忙著把弄貝瑟妮留在走道上的老鼠，把臭味匣換成他口袋裡的某樣東西。眼下發生的事情似乎完全驚動不了他，況且沒人費心理會他，因為他們的心神都集中在克蘿黛特身上。

貝瑟妮爬回舞臺上，試著朝朋友伸出手。「不，貝瑟妮，不要過來！」克蘿黛特說，「怪獸還在這裡，牠還想奪回控制權。我必須想個辦法把牠趕出去！」

「蛋！」艾比尼瑟說，「在閣樓時，怪獸說過你可以下蛋擺脫掉牠！」

克蘿黛特點點頭，然後臉扭成悲慘的模樣，搖了搖臀部，牠這輩子下蛋從沒這麼痛苦過，裡面包藏的東西遠遠糟過任何走味的蛋糕、軟爛香腸或餿掉的牧羊人派。牠臉上的紫色變淺了。

「貝瑟妮，我，我只想說……對不起。」

說完以後，克蘿黛特癱倒在舞臺上，就像牠彩排時那樣。只是這一次，牠的屁股下滾出一顆又大又閃亮的藍蛋。

「退後！」貝瑟妮說，現在換她擋在艾比尼瑟前面要保護他。

「那個我可能幫得上忙，褪色。」老先生說，他終於忙完了老鼠的事，健步如飛穿過走道，艾比尼瑟從沒看過他走這麼快。

「退開，庫林可先生。」艾比尼瑟說，「相信我，這顆蛋孵出來的時候，你最好別靠近。」

「相反的，褪色，我想你會希望我離那顆蛋越近越好，這樣我才幫得上忙。」老先生說，「也許我應該說得更清楚。我代表朵莉思（D.o.R.R.i.S.）來到這裡——全名是祕密移除惡棍戰隊（**D**ivision **o**f **R**emoving **R**apscallions **i**n **S**ecret）。我相信你久遠以前可能跟我們交手過？」

25 來自祕密移除惡棍戰隊的男人

「什、什、什麼？」艾比尼瑟說，「不，你不可能，庫林可先生！」

「我可能，而且我就是。但我恐怕不叫庫林可（Clinke）。我創造新身分時，喜歡打亂名字裡的字母順序。其實我叫尼寇（Nickel）。唔，如果要說得更精確，我是尼可拉斯．尼克二十三世。」老先生說，「你記得我的曾曾曾曾曾曾曾曾曾曾曾曾曾曾曾曾曾曾曾祖父嗎？我一開始之所以加入朵莉思，就是因為一個在我們家族裡流傳久遠的故事——有個邪惡的怪獸威脅要把人化成水灘，還有一個叫做魯蛇的奇怪小孩。」

「艾比魯蛇不是我的名字。」艾比尼瑟說，盡可能表現出尊嚴。

「有人要解釋一下到底怎麼回事嗎？」貝瑟妮問。

「這位就是我跟你提過的，那個養老院的先生，」艾比尼瑟說，「就是我以為我幫了忙的那位。」

「你是幫了我的忙沒錯啊，」尼克二十三世先生說，「不過也許不是以你期待的方式……」

尼寇先生解釋，朵莉思的一位全球情報搜查員偵測到怪獸二手拍賣會，於是進一步發出警示並全面探查超自然活動的跡象，卻得到了令人匪夷所思的結果，因此朵莉思決定派頭號情報員和頂級怪獸專家上場。

「我在拍賣會隔天抵達。我想住旅館，可是朵莉思堅持，我在養老院更能隱藏形跡。」尼寇先生說，「我直接到那棟房子那裡，察看拍賣會的物品，就在那時你邀我進屋，褪色。我離開的時候，裝了個遠距離竊聽裝置，這樣我就能聽到一舉一動。」

尼寇先生把之前沾到耳屎的助聽器從口袋拿出來。要是觀眾知道來龍去脈，他們肯定會發出「喔喔」和「啊啊」這類驚嘆不已的聲音。

「當然，我一開始就對克蘿黛特這個角色起疑，然而每次察看，結果都顯示牠是隻健康得不得了的鸚鵡。」尼寇先生說了下去，「所以我靜觀其變，繼續尋覓線索。你在拼字桌遊那時玩的字眼，對我很有幫助，褪色。」

一聽到有人提起克蘿黛特的名字，貝瑟妮趕緊衝過舞臺關心朋友的狀況。牠失去了意識，但還在呼吸。舞臺另一邊，就在越來越困惑的葛洛麗亞旁邊，那顆含有怪獸的蛋開始裂開。

「我在朵莉思任職期間，捕捉過狼人、猿人、厲鬼、變態印刷工、惡魔鬣蜥蜴，甚至是黑海的大蛞蝓。可是什麼都比不上這個，說到底，怪獸是創設這個組織的起因，」尼寇先生說，「我不知道再來還能做什麼……」

裂痕在鳥蛋上蔓延，就像蜘蛛把腳伸開那樣，有幾個常看默劇的觀眾試圖大喊：「**就在你們背後！**」可是恐懼讓他們開不了口。

「我會怎麼樣？」艾比尼瑟緊張兮兮的問。

「什麼意思？」尼寇先生問。

「我是說，我跟怪獸有關的行為。我一直藏匿不報。」艾比尼瑟說。

「喔，我懂了。」尼寇先生說，蹙起皺紋滿布的眉頭，額頭因此浮現更多紋路，「唔，我想你把怪獸藏了五百多年的懲罰會是……唔，你跟怪獸共同生活五百多年這一點，就我看來，這已經算是服夠久的刑期了。」

艾比尼瑟因為在閣樓裡無法入睡而筋疲力竭，一時如釋重負，差點崩潰啜泣。不過，他勉強振作起來，因為他不想在平生碰到的首位祕密探員面前，露出蠢笨的樣子。

他逐漸冷靜下來時，怪獸的一隻迷你小手從蛋裡推出來。幾秒鐘之後，另一隻手也是。

「我真不敢相信，我竟然沒意識到你是祕密探員，」艾比尼瑟說，「話說回來，我想在我的想像中，他們會做更精巧的偽裝。」

「誰說我沒有？」尼寇先生說。

「所以你其實沒那麼老，沒那麼皺巴巴？」貝瑟妮問。

「不，這是我真正的臉。而且我想我的皺紋沒有你說的那麼多，謝謝指教。」尼寇先生說，「不過，我實際上只需要一根枴杖。」

尼寇先生走到舞臺上，用一根枴杖輕敲那顆蛋，這時怪獸的軟軟腦袋鑽過蛋殼探出來。怪獸一臉困惑，分不清方向，完全不像原本的樣子，接著怪獸的身體消失在枴杖裡。

觀眾爆出掌聲。傑佛瑞甚至起立鼓掌，因為他恰好非常迷武器枴杖。

「怪獸到哪裡去了？」艾比尼瑟問。

「進枴杖去了。顯然，一旦我拿到這樣的朵莉思枴杖，可是危險得不得了唷。」尼寇先生說，「枴杖裡有個強大的行動監獄，連有能力摧毀世界的火星女巨人都關得住，所以應該不會有問題。加上，如果我的腿累了，也派得上用場。說到底，我確實需要用上兩根枴杖。」

尼寇先生手裡的朵莉思枴杖開始震動。

「唔，從沒見過這種狀況。」尼寇先生說，「也許應該盡快把這個帶回基地去。可是首先……」

尼寇先生快速越過舞臺，展現了令人吃驚的靈活度。他走到克蘿黛特那裡，要貝瑟妮站到一邊去。

「這根枴杖裡也具備維生系統，必要的時候可以用來拯救星際戰場上的傷患。」尼寇先生說完在枴杖頂端調整設定，將克蘿黛特吸進裡面，「在我把牠帶回基地以前，這裡對牠來說是最安全的。」

貝瑟妮的臉龐深深刻著擔憂，她問：「牠會好好的吧？」

「我想沒理由不會，」尼寇先生說，「好了，只剩一件事……」

他在口袋裡擦過的面紙之間撈找，最後找出四個他之前從地上撿起的鼻夾。他拿一只掐住自己的鼻孔，然後將另外三個分給貝瑟妮、艾比尼瑟和葛洛麗亞。

「我希望你不介意，貝瑟妮，我把你特製的臭味換成了一點我們朵莉思探員專用的噴霧，這在任務引起太多注意時就會派上用場。那些老鼠非常實用，省得我必須一個個去噴。」尼寇先生說，接著轉向觀眾喊道：「各位先生各位女士，請看我這邊一下……」

劇場裡所有的目光都集中在尼寇先生身上，他把弄枴杖的頂端，沒幾分鐘，老鼠的紅眼睛就活過來，那些小傢伙開始在劇場裡東鑽西竄，整個劇場瀰漫著粉紅煙霧，每個觀眾都陷入了鼾聲連連的沉睡。尼冠先生等到安全以後，指示其他人拿下鼻夾。

「我更改了他們的記憶。等他們醒來，大概還要……喔，再三十秒左右。他們會相信，今晚目睹的一切都是事先安排的表演內容。沒必要讓他們知道怪獸的存在，免得有心理負擔。」他解釋。

「什麼？」葛洛麗亞說，「可是我差點活活被吃掉吔！我要跟大家說這件事，包括所有的電視頻道和新聞記者，這件事會讓我變成大明星！」

「在場沒有觀眾能證實你的故事，這樣你很難說服別人你說的是實話。」尼寇先生說，「況且，現在你有機會擔綱柯薩克劇場有史以來、數一數二，氣氛最熱烈，也是互動最多的演出。」

幾秒鐘之後，有如尼寇先生預測的，觀眾甦醒過來。他們全都站起身，對顯然絕妙無比的演出喝采，報以如雷的掌聲。

「比一大桶大象便便還棒多了！」蜥蜴女士用乾啞的聲音說，她平日可不會給任何東西這麼高的讚美。

「特效也太精采了！我們還以為我們家的寶貝兒子被化成水灘了呢！」艾杜瓦多的爸媽說。

「有這麼多險惡的曲折，實在大快人心！」賈瑞德．克托弗雷奇說，微笑露出金牙。

「實在很值回票價！」鳥店老闆說，鴿子凱斯咕咕表示同意。

葛洛麗亞在群眾愛慕的臉龐上，看到她渴望了一輩子的仰慕之情。她遲疑了兩毫秒後，決定接受事件的新版本。她在舞臺上一鞠躬，送出飛吻，然後隆重的宣布，出於慷慨大方，願意替觀眾席裡的每個人簽名。

她走下舞臺，一路沐浴在狂喜的歡呼和喝采之中，搶先跟她講話的是柯薩克夫婦。

「女兒，一直以來，你都把才華藏到哪兒去了？我們不知道你竟然有這等的演技，在互動這麼多、開創性如此高的戲劇裡，表現得這般出色！」柯薩克先生說。

「對啊，我們要在這裡再替你安排一場秀，這次至少要演出一整個星期。你一定要立刻搬回家裡跟我們住。」柯薩克太太說。

「抱歉，媽咪和爹地，我要忙簽名。如果你們想跟我洽談表演契約，可以去排隊。」葛洛麗亞說完衝進觀眾席，立刻有一大群觀眾跟過來，急著索討她的簽名。

26 新的開始

只有麻朵小姐和孤兒院的孩子們不想跟葛洛麗亞要簽名。孩子們不需要簽名，是因為葛洛麗亞已經用自己的筆跡裡裡外外裝飾了孤兒院一整圈，麻朵小姐則是對貝瑟妮此時停擺的超級臭味老鼠著迷不已。

「所以……這都是秀的一部分？糖果店裡的青蛙也是事先策劃好的體驗嗎？」她問。

貝瑟妮從舞臺上跳下來。她看得出來，接下來她說什麼，麻朵小姐都會

照單全收。

「不是，」貝瑟妮嘆口氣說：「我跟那些青蛙沒關係，但我很氣你認為是我做的，所以準備要把這些老鼠放進你的糖果店。超級抱歉，麻朵小姐。我保證，我再也不會去你那邊買糖了。」

麻朵小姐撿起一隻老鼠。「你為什麼要告訴我？」她問，「如果我不知道，你就可以逍遙法外。」

「我知道，可是那樣就不是做好事了。艾比尼瑟說的是真的，我真的想變得更好——雖然還是很不拿手。」貝瑟妮說。

麻朵小姐用指節敲敲老鼠的金屬身體，然後失望的搖搖頭。

「你知道的，這個小把戲還滿高明的，非常有創意。可是你應該想辦法仿製毛皮，要不然衛生稽查員一眼就會看出是假的。我年紀小的時候，想出了類似的把戲。圖書館員不肯讓我借一本我想要的書，我就用染成白色的辣椒粉放滿她的糖罐。」麻朵小姐說。
「你以前會惡作劇？」貝瑟妮問。
「喔，會的。惡作劇和做糖果之間有很多重疊的部分——需要的創意技巧很類似。這些年來，我把我的淘氣都耗在糖果店上了。」麻朵小姐頓住，再次打量貝瑟妮，「你還想跟我一起進行禮物籃任務嗎？」
「絕對的！」貝瑟妮說。
「好——每個人都值得再一次機會。星期一早上八點，穿著你最好的圍裙過來。我希望你先讀完《給笨蛋的量子力學》的頭三章，到時候一整天下來，你會很累唷。」麻朵小姐說。
貝瑟妮還來不及歡呼或說「我連那本書的第一句都看不下去」，麻朵小姐已經轉身離開。傑佛瑞沿著走道匆匆跑來，要跟她講話。
「抱歉，我剛忍不住偷聽，因為……因為我就是想偷聽。我真不敢相信你要學做糖果，太不可思議了！」他說。

「傑佛瑞，你還好嗎？」貝瑟妮問。她猛拍他的手臂幾下，想確定他真的回來了。

「啊？喔，是的。你對我耍的那個水灘把戲真是高招，我覺得自己煥然一新。謝謝你讓我參與這場秀，我最愛魔術戲法了！」他說。

「傑佛瑞，這些都不是……」貝瑟妮開口，但她看到傑佛瑞一臉滿足的模樣，意識到在他眼中的這個晚上，可能比真實狀況還好。「喔，算了。不客氣啦，我想。」她改口說。

「你要先做哪種糖？」傑佛瑞問，「神奇哨子籽是我的最愛！」

「那我會請麻朵小姐先教我那個，」貝瑟妮說，「如果你想要，等我完成了，星期一我可以去孤兒院跟你說。」

「**好啊，麻煩你！**」傑佛瑞說。他們兩人的臉都紅起來，因為他的語氣太過急切。「我是說，如果你願意的話，當然好。我們到時也可以聊聊《烏龜督察》。」

「抱歉。我這個週末要忙著讀《給笨蛋的量子力學》，我猜我們只能聊漫畫之外的東西了。」

「漫畫之外的東西？」傑佛瑞說。他們兩人都皺著眉，努力在想那是什麼意思。「那要怎麼做？」

提摩西出聲叫喚傑佛瑞和其他的孩子們，因為他想趕在葛洛麗亞或柯薩克夫婦反悔以前離開劇院。傑佛瑞用雙手軟軟的揮了揮，向貝瑟妮道別；貝瑟妮則衝回艾比尼瑟身邊，通報自己「也不是什麼大消息啦」的糖果製作新生涯。討厭的是，艾比尼瑟正抓著尼寇先生，對祕密探員的生活問個沒完。

「你的興趣讓我受寵若驚，杜威色先生，可是我目前有太多事情要忙。」尼寇先生帶著一絲煩躁說。老實說，他真希望人生中有更多時間可以進行像這樣的迷人對話，「我必須清理現場，檢查怪獸是不是在劇院裡留下什麼危險的東西。朵莉思的工作一定隨時都要保持井然有序、小心隱密。」

「所以你為什麼不刪除我們的記憶？」貝瑟妮問。

「你們兩個比其他人都了解那頭怪獸。我們要進一步認識這個生物的時候，很快就會跟你們聯絡。」尼寇先生說，「至於我保留葛洛麗亞的記憶，是因為反正不會有人相信她。」

朵莉思的枴杖又在他的手裡顫動起來——這次更凶猛。尼寇先生看著枴杖的神情有點困惑，也有點擔憂。

「其他生物都沒有這種狀況。」尼寇先生說，再次皺起紋路滿滿的眉頭。

「你確定克蘿黛特在裡面很安全？」貝瑟妮問。

「喔，是的，這是目前對牠來說世界上最好的地方。別擔心，你一定會再見到牠，不會太久。」尼寇先生說，再次對著枴杖蹙眉，「總之，我最好趕快行動。再會了，艾比尼瑟和貝瑟妮。」

尼寇先生到後臺去檢查怪獸的殘跡，貝瑟妮和艾比尼瑟則回頭穿過走道。貝瑟妮的臉龐掠過一陣悲傷。

「怎麼了？」艾比尼瑟問。

「牠以前對我那麼好，我忍不住覺得，牠會碰到這種事都是我們害的，」貝瑟妮說，「如果不是我們，牠永遠不會碰到怪獸。也許我不應該接下麻朵小姐的工作，或是跟傑佛瑞一起看漫畫，或是想辦法融入這個鄰里——也許我們跟大家保持距離比較好。」

「克蘿黛特會碰上這種事，錯在於怪獸。」艾比尼瑟說，「如果你真的想過怪獸斷捨離的生活，那麼千萬不要把自己跟其他人隔絕開來。過去五百多年來，怪獸就是逼我那樣做，看看我最後變成什麼樣子。」

「變成自私的欠揍臉。」貝瑟妮咧嘴笑著說。

「對，完全是個自私的欠揍臉。」艾比尼瑟說，向她報以笑容。他沒料到聽她罵自己，感覺會這麼好。

他們在觀眾席大排長龍的人群之間穿梭，走到外頭的街道上。劇場外的計程車都被搭走了，加上滑板車被克蘿黛特掐爛了，他們只好踏上長長的路程，徒步走回家。

「我真不敢相信，你竟然說我的餐桌禮儀像頭疣豬。」貝瑟妮說。

「我真不敢相信，整場演說，你竟然只留意那個部分。」艾比尼瑟說。

「不，我也聽了其他部分。聽到你說多愁善感的話，我勉強忍住沒吐出來。」貝瑟妮再次咧嘴笑，「我喜歡你說的，關於做好事的那部分。」

艾比尼瑟嘆口氣，他還沒說出口，就已經後悔自己即將要說的話。

「是，對了，你那套做好事的胡扯，我確實認為你可能說得對，也許我們應該多做一些。」他用粗啞的聲音說。

「什麼？你竟然會這麼說！」貝瑟妮說。

「我又沒說我喜歡。其實，我本來很期待有幾個月的時間，可以好好放鬆、享受泡泡浴和喝茶。」艾比尼瑟說，「不過……唔，過去幾天對我們來說稱不上做了什麼好事。我想我們應該想辦法補償一下。」

「克蘿黛特聽到的時候，一定會很引以為榮！」貝瑟妮露出燦爛笑容，「我想我們應該先做這個那個……」

貝瑟妮細數接下來幾天、幾星期、幾個月要一起做的好事，艾比尼瑟覺得這趟步行回家的路程更漫長了。當他意識到，他們距離完成行善任務還很遠很遠的時候，眼睛滾出了疲憊和自憐的淚水。事實上，他們才剛起步。

終局……算是啦

（我的意思是你還不應該滾開）

27 牢籠裡的怪獸

兩天之後，艾比尼瑟和貝瑟妮站在世上最無聊的街道。這裡的無聊是刻意營造的，之所以這麼設計，是為了讓人走路和開車經過時，不覺得需要多看一眼。

它有個像「磨坊路」或「北街」這樣一見即忘的名字，那些建築物不時（悄悄）改建，調整建築樣式，讓它們永遠不至於淪落到難看過時的地步。

整個地方最有趣的東西是一窪水灘。貝瑟妮穿著運動鞋嘩啦啦的踩水，艾比尼瑟則按照他們拿到的地址按響門鈴。幾秒鐘之後，尼寇先生透過對講機回應。

「是，有什麼……事？」他問，「喔，哈囉，褪……色。你來……這裡做什麼？你怎麼找得……到我們？」

「是你邀請我們來的啊。記得嗎？你在半夜叫醒我們。你說事關重大，要我們一早就趕過來。」艾比尼瑟說。

「對啊，煩死了。我們有人還有兩章半的《給笨蛋的量子力學》要讀吔。」貝瑟妮站在水灘那裡喊道。

「真的嗎？」尼寇先生說，完全摸不著頭緒，「我為什麼要做那……你……」

「尼寇先生，我們聽不大清楚。你好像距離好幾公里遠。」艾比尼瑟說。

「嗯？喔，對……那是因為我可能……就是有那麼遠。過來跟我會合，先穿……上雨鞋。」尼寇先生說。

對講機斷訊了。幾分鐘過後，兩雙緋紅色雨鞋從信箱被推出來；一雙給艾比尼瑟，另一雙給貝瑟妮。艾比尼瑟再次按下對講機，可是沒有回應，貝瑟妮跑過去套上雨鞋。

「這個更適合穿來踩水！」貝瑟妮說。

她衝到那個水灘，跳了進去，可是根本沒有水濺起來，什麼都沒有。她整個人消失在水灘裡，彷彿掉進了地裡。

「**貝瑟妮！**」艾比尼瑟大喊。他連忙套上雨鞋，跟著跳進去，雖然打從怪獸在劇場把人化成水灘以來，只要附近有水灘他就會渾身不自在。

他也掉進了水灘，卻發現那根本不是水灘，而是通往一座島嶼的大門。

他發覺自己踏著海水，走向島嶼的岸邊，當他走得更近，看到島嶼由一座肥大的高科技金字塔建築稱霸，上面被滿滿的文字覆蓋：

D.o.R.R.i.S.總部—這裡沒什麼好看的

其他人和生物——探員、囚犯、來面談的嫌犯，正從四面八方涉水走向岸邊，每個都是透過世界各地的不同閘門，被送到島嶼這裡來。貝瑟妮已經跟尼寇先生在海灘上會合，並盡量不要對這番奇景露出太折服的樣子。

艾比尼瑟趕緊登上海灘，朝他們跑去。尼寇先生正倚在其中一根枴杖上，另一邊腋下夾著三頂頭盔。

「對，絕對有。你說很緊急。」貝瑟妮正說著，尼寇先生滿臉困惑。

「怪獸怎麼樣了？克蘿黛特呢？」

「克蘿黛特？誰——」尼寇先生開口，可是接著想起來了，他低頭看看頭盔，再次皺眉，「我不知道我為什麼帶了這個，可是我們應該戴起來。」

他們三人戴上頭盔，一起走進金字塔。一樓大廳是個瀰漫著懷疑和不信任的溫床，探員們疑神疑鬼的環顧四周，全都默默控訴著對方變節。尼寇先生帶他們穿過建築，走到醫療區，其中一張病床上有個熟悉的臉龐正在打盹。

「**克蘿黛特！**」貝瑟妮說。她跑過去捏了捏，將克蘿黛特喚醒。

「喔，哈囉，小親親。」克蘿黛特聲音虛弱，身體也是，牠的身體連接了好幾臺嗶嗶作響的機器，醒來時還呈現半迷茫，「我對一切都好抱歉——」

「不。不准你說抱歉。除了怪獸，不能怪任何人。」貝瑟妮說。

提到怪獸讓克蘿黛特的臉扭了一下。

「那個生物……我看到了牠的心靈，」牠說，「戰爭、大惡徒、可怕的女巫摩根[1]……有些事情看過之後，就再也無法從腦海抹消。」

「那些事情你都不必擔心。怪獸現在被鎖起來了。你會回到十五層樓房子，我們可以幫你忘掉那一切。」貝瑟妮說。

「不！」克蘿黛特說，用盡虛弱聲音裡殘存的力氣，牠對這個提議似乎很反感，「抱歉，貝瑟妮，我沒辦法回那裡去，有太多關於怪獸的回憶了。我必須走得遠遠的，我要回老家照顧溫特羅島的孩子們。尼寇先生說，有一道閘門可以直接通往那片雨林。」

「我說過嗎？」尼寇先生問，搔著戴了頭盔的腦袋，「對，我當然說過了。我怎麼會忘記那段對話呢？」

「我會想念你的。」貝瑟妮說，輕撫克蘿黛特翅膀上的羽毛。

「我們保持聯繫，」克蘿黛特說，「不要擔心，小親親，你永遠甩不掉我的。」

克蘿黛特的眼睛開始合上。貝瑟妮又捏了牠一下，試圖隱藏自己的悲

1 Lady Morgana，是《亞瑟王傳奇》中的邪惡女巫。

傷。艾比尼瑟幾乎不忍旁觀。

「我們都會想念你的，克蘿黛特。」艾比尼瑟說，「溫特羅島的孩子很幸運，有你唱歌給牠們聽，下美味的早餐蛋給牠們吃。」

克蘿黛特再次睜開眼睛，紫色淚水從眼裡滲出來。他們離開醫療區的時候，牠將臉別開。

「我剛剛是不是說錯什麼了？」艾比尼瑟問。

「對，現在我都想起來了……」尼寇先生說，「怪獸對克蘿黛特造成嚴重傷害。雖然隨著日子過去，牠漸漸恢復體力，可是目前只能下出水煮包心菜的蛋，而且醫生擔心牠再也無法唱歌。」

「可憐的克蘿黛特，」貝瑟妮說，「你難道不能為牠做點什麼嗎？」

「我們已經盡了一切力量，」尼寇先生說，「我跟醫生針對這件事談了很久，可是……我一時竟然忘記關於牠的一切。怎麼會這樣呢？」

「唔，你年紀大了嘛。」艾比尼瑟說。

「這跟我的年紀沒關係，」尼寇先生忿忿的說，「跟怪獸的心靈有關。所以我們才會戴這些頭盔。剛剛克蘿黛特說起這件事的時候，我想起了什麼。」

尼寇先生走向電梯。進了電梯之後，他把弄枴杖的頂部，鍵盤浮現，顯示只有頭號探員才能涉足的樓層。尼寇先生猛戳最高層樓的按鍵，上面標示「囚籠」。

電梯以對角線的斜坡行進，他們一路攀升到金字塔頂端。這趟旅程速度緩慢，因為上升的過程當中，尼寇先生頻頻停下電梯，察看各個樓層的現況。

「經歷那場身體大戰，受傷的不只是克蘿黛特。我們把怪獸關進籠子裡以來，牠的腦袋就一團混亂。那種混亂就像輻射，漸漸擴散到其他人身上。」尼寇先生說。

他們沿著金字塔往上行，樓層越高的人似乎越混亂。有一層樓，工友用拖把刷牙；往上一層，養狗的人把牽繩套在自己的脖子上，像貴賓犬一樣汪吠；再往上一層，兩個狀似狐狸的生物想用手銬銬住對方——彼此都不確定誰是探員、誰是囚犯。

「影響力雖然是暫時的，可是令人憂心。我逃離怪獸的籠子那裡，將傳心術頭盔發送給大家，可是等到我下樓的時候，我已經忘記自己在做什麼。」尼寇先生說，「那一定是我叫你們過來的原因，褪色，就是要幫忙安頓怪獸混亂的腦袋。」

他們抵達金字塔頂端，空間相當寬敞，地板噹啷作響，牆上掛滿喇叭。兩個迎接他們的探員面帶微笑、眼神迷濛，他們持著離子槍，但把它們當成空氣吉他來撥奏。

「我說過要戴頭盔！」尼寇先生氣憤的說，「至少，我想我說過。」

「頭盔？頭盔在哪裡？」其中一個探員問。

「頭盔聽起來很美味。我們好餓喔！」另一個探員說。

尼寇先生把探員推到一邊，越過他們走到房間。艾比尼瑟和貝瑟妮跟了過去，看到了怪獸。

怪獸坐在三級雷射籠子裡，這項工具通常是用來阻止黑洞擴散的。牠那團身體背對著他們，正搔著腦袋。

「好了，我不知道你在做什麼——可是馬上住手。」尼寇先生說，「我們寧可留你活口，可是別以為我們不會拿喇叭對付你。」

怪獸轉過身來，牠依然有三隻黑眼、兩條黑舌和滴著口水的嘴巴，可是有什麼不一樣了。通常牠的雙眼會綻放暴怒的光芒，現在卻因為困惑而空洞呆滯。

「你們是誰？」怪獸的嗓音柔軟但不再滑溜，「穿著奇怪長褲的男人，背著背包的小妞是誰？我是誰？」

「少來，這招對我們來說沒用。」貝瑟妮往前一站說道，「你很清楚自己是誰，我們也很清楚。」

「是嗎？真的嗎？喔，這真是天大的好消息！」一絲希望閃入怪獸的三隻眼睛，「你們能跟我說我是誰嗎？拜託，你們是我唯一的希望——幫幫我。」

怪獸與貝瑟妮2：失控的紫鸚鵡

作　　者｜傑克・梅吉特－菲利普斯
繪　　者｜伊莎貝爾・弗拉斯
譯　　者｜謝靜雯

責任編輯｜李幼婷
封面設計｜蕭旭芳
特約編輯｜戴淳雅
內文版型｜陳珮甄
行銷企劃｜林思妤、李佳樺

天下雜誌群創辦人｜殷允芃
董事長兼執行長｜何琦瑜
媒體暨產品事業群
總經理｜游玉雪
副總經理｜林彥傑
總編輯｜林欣靜
行銷總監｜林育菁
副總監｜李幼婷
版權主任｜何晨瑋、黃微真

出版者｜親子天下股份有限公司
地址｜台北市104建國北路一段96號4樓
電話｜(02)2509-2800　傳真｜(02)2509-2462
網址｜www.parenting.com.tw
讀者服務專線｜(02)2662-0332　週一～週五：09:00~17:30
傳真｜(02)2662-6048　客服信箱｜parenting@cw.com.tw
法律顧問｜台英國際商務法律事務所・羅明通律師
製版印刷｜中原造像股份有限公司
總經銷｜大和圖書有限公司 電話：(02)8990-2588

出版日期｜2024年6月第一版第一次印行
定　　價｜400元
書　　號｜BKKNF087P
ISBN｜978-626-305-846-0

訂購服務
親子天下 Shopping｜shopping.parenting.com.tw
海外・大量訂購｜parenting@cw.com.tw
書香花園｜台北市建國北路二段6巷11號　電話(02)2506-1635
劃撥帳號｜50331356　親子天下股份有限公司

立即購買 >

國家圖書館出版品預行編目資料

怪獸與貝瑟妮. 2, 失控的紫鸚鵡 / 傑克.梅吉特-菲利普斯(Jack Meggitt-Phillips)文；伊莎貝爾.弗拉斯(Isabelle Follath)圖；謝靜雯譯. -- 第一版. -- 臺北市：親子天下股份有限公司, 2024.06
312面；14.8X21公分. -- (少年天下；94)
譯自：The beast and the Bethany. 2, revenge of the beast
ISBN 978-626-305-846-0(平裝)

873.59　　113004407

Originally published in English by Farshore, an imprint of HarperCollinsPublishers Ltd, The News Building, 1 London Bridge St, London, SE1 9GF under the title:
BEAST AND THE BETHANY (2) — REVENGE OF THE BEAST